Bian

En un mundo de jeques
Sarah Morgan

H HARLEQUIN™

Editado por HARLEQUIN IBÉRICA, S.A.
Núñez de Balboa, 56
28001 Madrid

© 2012 Sarah Morgan. Todos los derechos reservados.
EN UN MUNDO DE JEQUES, N.º 2241 - 3.7.13
Título original: Woman in a Sheikh's World
Publicada originalmente por Mills & Boon®, Ltd., Londres.

I.S.B.N.: 978-84-687-3143-8
Depósito legal: M-13751-2013
Editor responsable: Luis Pugni
Fotomecánica: M.T. Color & Diseño, S.L. Las Rozas (Madrid)
Impresión en Black print CPI (Barcelona)
Fecha impresion para Argentina: 30.12.13
Distribuidor exclusivo para España: LOGISTA
Distribuidor para México: CODIPLYRSA
Distribuidores para Argentina: interior, BERTRAN, S.A.C. Vélez
Sársfield, 1950. Cap. Fed./ Buenos Aires y Gran Buenos Aires,
VACCARO SÁNCHEZ y Cía, S.A.

Capítulo 1

SOÑABA con el desierto. Soñaba con dunas bajo el sol abrasador y con el agua azul turquesa del Golfo Pérsico. Soñaba con montañas agrestes y oasis entre palmeras. Soñaba con un príncipe que tenía los ojos negros como la noche y que podía dar órdenes a los ejércitos.

–¡Avery!

Él la llamaba, pero ella siguió avanzando sin mirar atrás. El suelo se abría bajo sus pies y caía...

–¡Avery, despierta!

Se incorporó entre nubes de sopor. Esa voz no coincidía con la imagen. La voz de él era profunda y muy viril. La otra voz era femenina y burlona.

–Mmm...

El olor a café recién hecho la sedujo, levantó la cabeza y miró la taza que habían dejado en la mesa que tenía al lado. Gruñó, se sentó y la agarró medio dormida.

–¿Qué hora es?

–Las siete. Estabas gimiendo. Debía de ser un sueño maravilloso.

Avery se pasó los dedos entre el pelo. Todas las noches tenía el mismo sueño. Afortunadamente, cuando se despertaba estaba en Londres, no en el desierto, y veía a Jenny, su mejor amiga y socia que apretaba el botón de la mesa para levantar las persianas. La luz entró en el impresionante despacho acristalado y Avery sintió alivio al darse cuenta de que el suelo no se abría. No lo había perdido todo. Eso era suyo y lo había levantado con mucho trabajo.

–Tengo que ducharme antes de la reunión.

–Cuando pediste este sofá para tu despacho, no me imaginé que lo querías para dormir –Jenny dejó su café en la mesa y se quitó los zapatos–. Por si no lo sabes, creo que tengo el deber de decirte que las personas normales se van a su casa después de la jornada laboral.

Ese sueño se agarraba a la cabeza de Avery como una tela de araña e intentaba quitárselo de encima. Le molestaba que le afectara tanto. Esa no era su vida. Descalza, cruzó el despacho para echar una ojeada a su realidad a través de los ventanales. La ciudad resplandecía por el sol de primera hora de la mañana y una leve neblina se pegaba al Támesis. Las diminutas figuras se apresuraban por las aceras y los coches ya se agolpaban en el entramado de calles. Le escocían los ojos por el insomnio, pero ya estaba acostumbrada. Llevaba meses padeciéndolo, como la sensación de vacío en el pecho que nada podía llenar.

–¿Quieres hablar de eso? –le preguntó Jenny mirándola.

–No hay nada de qué hablar.

Avery se apartó del ventanal y se sentó a su mesa. Hasta que le alteraron la existencia, lo único que había hecho era trabajar. Tenía que recuperar esa sensación.

–La buena noticia es que he terminado la propuesta para Hong Kong durante el insomnio. Creo que esta vez me he superado a mí misma. Todo el mundo va a hablar de esta fiesta.

–Todo el mundo habla siempre de tus fiestas.

Sonó el teléfono que había dejado cargando. Avery fue a tomarlo y miró la pantalla. La mano se le quedó paralizada a mitad de camino. ¿Otra vez? Era la quinta vez que llamaba, como mínimo. No podía hacerlo en ese momento, cuando acababa de despertarse de ese sueño. Encendió el ordenador presa del pánico. Le dolía que él pudiera hacerle tanto daño intencionadamente.

–Es tu número privado, ¿por qué no contestas? –Jenny miró la pantalla y levantó la cabeza bruscamente–. ¿Malik? ¿Está llamándote el príncipe?

–Eso parece –Avery abrió el archivo en el que había estado trabajando y notó que le temblaba la mano–. Debería haber cambiado el número.

Él no tenía derecho a llamarla a su línea privada. Ella debería haber cortado todos los vínculos y debería haberse cerciorado de que solo pudiera ponerse en contacto con ella a través de la oficina. Sin embargo, fue él quien se cercioró de que no ocurriera eso.

–Se acabó. Llevo demasiado tiempo pasando por alto lo que está pasando –Jenny se dejó caer en una silla enfrente de ella–. Me declaro oficialmente preocupada por ti.

–No lo estés, estoy bien.

Se lo había repetido tantas veces que las palabras le salían solas de la boca, pero no convencieron a Jenny.

–El hombre al que amaste va a casarse con otra mujer, ¿cómo vas a estar bien? Yo estaría gritando, llorando, comiendo sin parar y bebiendo como un cosaco. Tú no haces nada de eso.

–Porque no lo amaba. Tuvimos una aventura y se acabó, nada más. Es algo que pasa todo el rato. ¿Nos ponemos a trabajar?

Llamaron apremiantemente a la puerta y Chloe, la nueva recepcionista, casi se cayó dentro del despacho por el nerviosismo.

–¡Avery! ¡Nunca podrías imaginarte quién está al teléfono! –hizo una pausa para dar más suspense al momento–. El príncipe de Zubran.

Evidentemente, había esperado que la noticia hubiese causado más sensación y cuando ninguna de las dos dijo nada, ella lo repitió.

–¿Me habéis oído? ¡El príncipe de Zubran! Intenté pasártelo, pero no contestabas.

–No puedo en estos momentos, Chloe. Por favor, dile que estoy ocupada.

–Es el príncipe en persona. No es su ayudante, su asesor ni nadie parecido, es él, con su voz profunda y aterciopelada y su acento refinado.

–Dale mis disculpas más sinceras y dile que lo llamaré en cuanto pueda.

En cuanto hubiera pensado un poco, en cuanto supiera que no iba a decir o hacer algo de lo que luego se arrepentiría. Tenía que planear cuidadosamente una conversación así.

–Pareces tan tranquila, como si fuese normal que alguien así te llamara por teléfono. Yo he hablado de él siempre que he podido. Es impresionante –reconoció Chloe–. No solo en el sentido más evidente, aunque no me importaría que se quitara la camisa para cortar leña o algo así, sino porque es todo un hombre, ya sabes lo que quiero decir. Es rudo como ya no puede ser ningún hombre porque sería políticamente incorrecto. Sabes que es de los que no pediría permiso antes de besarte.

Avery miró a la recepcionista recién contratada y se dio cuenta de que era una de las pocas personas que no sabía que ella, Avery Scott, había tenido una aventura desenfrenada y muy sonada con el príncipe Malik de Zubran. Se acordó de la primera vez que la besó y, efectivamente, no le pidió permiso. Él no pedía permiso para nada. Durante un tiempo, le pareció apasionante estar con un hombre al que no le intimidara su confianza en sí misma y su éxito. Hasta que se dio cuenta de que dos personas tan fuertes eran incompatibles en una relación. El príncipe creía que sabía lo que le convenía a todo el mundo, entre otros, a ella.

—Chloe, vete al cuarto de baño y mete la cabeza debajo del grifo de agua fría —le pidió Jenny con impaciencia—. Haz lo que haga falta porque el príncipe no va a besarte, con o sin permiso. Ahora, vuelve y dile algo antes de que crea que te has desmayado o te has muerto.

—A lo mejor es algo urgente... —insistió Chloe con desconcierto—. Estáis organizando su boda.

La palabra «boda» se le clavó a Avery como un puñal muy afilado.

—No estoy organizando su boda.

Casi se atragantó al decirlo y no entendió el motivo. Ella había roto la relación. Entonces, ¿por qué le dolía que fuese a casarse con otra mujer si era lo mejor que podía pasar?

—Estoy organizando la fiesta y dudo sinceramente que llame por eso. Un príncipe no llama para comentar pequeños detalles. Tiene gente que se ocupa de eso. Un príncipe tiene empleados para todo; para que conduzcan sus coches, para que le cocinen, para que le preparen la ducha...

—...para que le froten la espalda mientras se ducha —siguió Jenny—. Además, Avery no puede hablar con él porque yo tengo que hablar urgentemente con ella sobre la fiesta del senador.

—Ah... El senador... —Chloe retrocedió hacia la puerta impresionada por los nombres que se manejaban en esa oficina—. De acuerdo, pero creo que Su Alteza Real es uno de esos a los que no les gusta que les hagan esperar o que les nieguen algo.

—Entonces, tendremos que conseguir que aprenda.

Avery dejó a un lado los recuerdos de las veces que se negó a esperar. Como cuando la desnudó con la punta de su sable ceremonial porque no podía perder el tiempo desabotonándole el vestido o cuando... No, no iba a pensar en aquella vez. La recepcionista salió y cerró la puerta.

–Me cae bien –dijo Avery agarrando su taza de café–. Será encantadora cuando le hayamos dado un poco de confianza. Los clientes la adorarán.

–Ha sido indiscreta. Hablaré con ella.

–No.

–¿Puede saberse por qué te haces esto, Avery?

–Porque todo el mundo se merece una oportunidad. Chloe tiene muchas posibilidades...

–No me refiero a eso, me refiero a todo este asunto con el príncipe. ¿Qué mosca te picó para que aceptaras organizar la boda de tu exnovio? Está matándote.

–En absoluto. No quería casarme con él y no estoy organizando su boda propiamente dicha. ¿Por qué se empeña todo el mundo en que estoy organizando su boda?

Una foto del desierto al amanecer apareció en su ordenador y se recordó que tenía que cambiar el salvapantallas. Quizá ese fuese motivo de sus sueños recurrentes.

–Solo soy responsable de la fiesta, nada más.

–¿Nada más? Esa fiesta tiene la lista de invitados más influyentes desde hace muchas décadas.

–Por eso tiene que ser perfecta. Además, organizar fiestas no me resulta estresante. Las fiestas son acontecimientos felices con gente feliz.

–¿De verdad no te importa? Ese príncipe impresionante y tú estuvisteis un año juntos y no has vuelto a estar con un hombre desde entonces.

–Porque he estado muy ocupada levantando mi empresa. Además, no fue un año. Ninguna de mis relaciones ha durado un año.

–Avery, fue un año. Doce meses.

–Si tú lo dices.... Doce meses de lujuria. Los dos éramos muy apasionados y solo fue sexo. Me gustaría que la gente no lo llamara de otra forma. Por eso tantos matrimonios acaban mal.

—Si fue tan increíble, ¿por qué rompiste?

Avery sintió una opresión en el pecho. No quería pensar en eso.

—Él quiere casarse y yo, no. Rompí porque no tenía porvenir.

Y porque había sido arrogante y manipulador...

—Entonces, ¿esos sueños no tienen nada que ver con imaginártelo con esa princesa virgen?

—Claro que no.

Avery rebuscó en el bolso y sacó un paquete de pastillas para la digestión. Solo le quedaban dos. Tenía que comprar más.

—No las necesitarías si bebieras menos café.

—Empiezas a parecerte a mi madre.

—Creo que no. Sin ánimo de ofender, tu madre estaría diciendo que no podía creerse que estuvieras en este estado por un hombre, que eso era exactamente lo que te advirtió cuando tenías cinco años, que eres la única responsable de lo que pasa en tu vida, hasta de los orgasmos.

—Tenía más de cinco años cuando me enseñó eso —masticó la pastilla—. ¿Quieres saber por qué acepté este encargo? Por orgullo, porque cuando llamó Malik, me quedé tan pasmada de que fuese a casarse tan pronto después de que rompiéramos que no pude pensar con claridad. Me preguntó si sería raro que le organizara la fiesta y fui a decirle que sí, que era un malnacido insensible y que, evidentemente, sería raro que le organizara la fiesta, pero se adelantó mi orgullo y dijo que no, que claro que no sería raro.

—Tienes que pensar dos veces las cosas antes de hablar. Lo he pensado muchas veces.

–Gracias. Entonces, me di cuenta de que seguramente lo hacía para castigarme por...

–¿Por...? –preguntó Jenny arqueando una ceja.

–Da igual –Avery, que no se sonrojaba jamás, notó que estaba sonrojándose–. La verdad es que nuestra empresa es la mejor elección para algo así. Si lo hubiera rechazado, todo el mundo habría dicho que no organizaba la fiesta porque había estado saliendo con el príncipe y no podía soportarlo. Además, él habría sabido cuánto me había dolido.

Naturalmente, ya lo sabía y a ella le deprimía pensar que su relación hubiese caído tan bajo.

–Tienes que delegar este encargo, Avery. Eres la mujer más fuerte e impresionante que he conocido, pero organizar la boda de un hombre del que estuviste enamorada...

–Fue sexo...

–Lo que quieras, pero está matándote. Te conozco desde que teníamos cinco años y llevamos seis trabajando juntas, pero si sigues así, voy a pedirte que me despidas por el bien de mi salud. La tensión también está matándome.

–Lo siento. Háblame de trabajo y luego me ducharé.

–Ah, trabajo. Las bodas de oro del senador... Es el cliente más pesado que hemos tenido.

Jenny abrió su cuaderno y empezó a comprobar las notas mientras Avery tomaba la taza entre las manos para tranquilizarse con su calor.

–¿Por qué te empeñas en usar ese cuaderno cuando te he proporcionado la última tecnología?

–Me gusta. Puedo garabatear y convertir a los clientes en caricaturas –Jenny repasó la lista–. Quiere cincuenta cisnes para sorprender a su esposa. Al parecer, representan la fidelidad.

–Ese tipo ha tenido tres aventuras extraconyugales

y una muy conocida –Avery dejó la taza–. No creo que esta fiesta debería celebrar su fidelidad, ¿no?

–No, pero tampoco se me ocurrió una manera delicada de decírselo cuando llamó. No soy tú.

–Entonces, piensa una deprisa porque si ese día le habla de fidelidad a su esposa, tendremos una batalla campal, no una fiesta. Nada de cisnes. ¿Qué más?

–¿Más...? –Jenny suspiró y ojeó las notas–. Quiere soltar un globo por cada año de matrimonio.

Avery dejó caer la cabeza contra la mesa.

–Mátame, por favor.

–No, tendría que lidiar yo sola con el senador.

Avery volvió a levantar la cabeza.

–No suelto globos. Aparte de que soltar globos está prohibido en muchos sitios, ¿no está trabajando con un grupo medioambiental en estos momentos? No le interesa una publicidad así. Propón palomas. Las palomas no dañan el medio ambiente y los invitados pueden soltarlas con la sensación de estar haciendo algo bueno –Avery intentó concentrarse–. Pero no cincuenta, claro. Con dos bastarán o los invitados acabarían cubiertos de excrementos.

–Dos palomas –Jenny lo anotó pensativamente en su cuaderno–. Me preguntará qué significan dos palomas.

–Mucho menos jaleo que cincuenta cisnes. Perdona, ya sé que no puedes decir eso –Avery dio un sorbo de café–. Dile que significan paz y tranquilidad. No, no le digas eso tampoco. Dile... –ella no sabía nada de relaciones duraderas–. Dile que significa camaradería, que representan el viaje de su vida en común.

–Que ha estado lleno de...

–Efectivamente –Avery cerró el archivo del ordenador antes de que pudiera meter más errores–. Que Chloe te ayude con la fiesta del senador. Tenemos que curarla de su pasión por los famosos. Será una buena experiencia para ella que se mezcle con famosos y podrá ayudar si las palomas tienen incontinencia.

–¿Por qué no nos dejas que hagamos la boda del príncipe de Zubran sin ti?

–Porque todo el mundo dirá que no puedo hacerlo y, peor aún, Mal creerá que no puedo hacerlo.

¿Seguiría enfadado con ella? Se había puesto furioso y sus ojos negros llegaron a parecer un cielo que amenazaba una tormenta espantosa. Ella también se enfureció con él. Fue una colisión en la que ninguno de los dos cedió.

–Lo echas de menos, ¿verdad?

–Echo de menos el sexo y las discusiones.

–¿Echas de menos las discusiones? –preguntó Jenny con incredulidad.

–Eran... estimulantes. Malik es muy brillante. Algunas personas hacen crucigramas para mantener la cabeza activa, pero a mí me gusta una buena discusión. Es porque mi madre era abogada. En la mesa no hablábamos, debatíamos.

–Lo sé. Todavía me acuerdo de una vez que me invitaste a tomar el té. Fue aterrador, pero explica el porqué no reconoces que querías al príncipe. Tu madre dedicó su vida a liquidar matrimonios.

–Ya estaban rotos cuando participaba ella.

Jenny cerró el cuaderno.

–Entonces, ¿te parece bien la boda? Tu orgullo va a acabar contigo, lo sabes, ¿verdad? Eso y tu obsesión por salir ganando. Otra cosa que le reprocho a tu madre.

–Yo se lo agradezco. Hizo que fuese la mujer que soy.

–¿Una perfeccionista desmesurada que está hecha un lío con los hombres?

–No voy a disculparme por querer hacer bien mi trabajo y no estoy hecha un lío con los hombres. Que sea la hija de una madre fuerte y sin pareja...

–Avery, te quiero, pero estás hecha un lío. Cuando fui a tomar el té, tu madre defendía que había que deshacerse de los hombres de una vez por todas. ¿Alguna vez te dijo quién era tu padre?

De repente, sin saber por qué, se encontró otra vez en el patio del colegio y rodeada de niños que le preguntaban muchas cosas. Sí sabía quién era su padre y recordaba la noche cuando su madre le contó la verdad como si hubiese sido la noche anterior. Recordaba que se quedó sin fuerzas y que sintió náuseas.

–Mi padre nunca ha formado parte de mi vida –replicó Avery sin mirar a Jenny.

–Seguramente, porque tu madre no quiso que entrara. Lo ahuyentó, ¿verdad? Es brillante como el sol y está como una cabra. Además, no te engañes diciendo que tuviste que aceptar la fiesta. Ya hiciste la fiesta de lanzamiento del Hotel Ferrara Zubran. Fue más que suficiente para demostrar al príncipe que no te quitaba el sueño.

Avery notó que algo le atenazaba las entrañas, pero también sintió cierto alivio por dejar de hablar de su padre.

–No tenía ningún motivo para negarme. Deseo que Mal sea feliz con su princesa virgen –tenía que dejar de hablar de Mal. Notaba un zumbido en la cabeza–. Voy a hacer la fiesta y luego, se acabó. Llámalo, dile que estoy fuera del país, entérate de lo que quiere y resuélvelo.

–¿De verdad que su novia tiene que ser virgen? –preguntó Jenny con curiosidad.

–Creo que sí –contestó Avery con algo parecido a una náusea–. Tiene que ser pura y obediente.

–¿Cómo pudisteis mantener una relación el príncipe y tú? –preguntó Jenny entre risas.

–Yo era... implacable. Se me da mejor mandar que obedecer –el zumbido fue mayor y se dio cuenta de que llegaba de fuera de su cabeza–. Alguien está llegando al helipuerto. No esperamos a nadie hoy, ¿verdad?

Jenny negó con la cabeza y Avery se dio la vuelta para mirar, pero el helicóptero había desaparecido y estaba aterrizando encima de ella.

–Será alguien que viene a otra empresa del edificio.

Malik se bajó del helicóptero acompañado por dos guardaespaldas armados.

–¿Qué planta es?

–La última, señor, pero...

–Iré solo. Esperadme aquí.

–Pero, Alteza, no podéis...

–Es una empresa que organiza fiestas. ¿Quién va a hacerme algo en una empresa así?

Entró en el edificio antes de que los guardaespaldas pudieran reaccionar. A Avery le había ido bien desde que se separaron y el dolor creció en la misma medida que la rabia. Ella había preferido su empresa a su relación. Sin embargo, no podía pensar en eso. Hacía mucho tiempo que aprendió a distinguir entre los deseos personales y el deber. Después de pasarse años detrás de los primeros, en ese momento estaba entregado al segundo. Por eso, esa visita era profesional, no personal. Si conocía a Avery tan bien como creía, su orgullo le impediría echarlo de su oficina o abofetearlo. Estaba seguro de eso... o, quizá, ya no le importara lo bastante como para hacer ninguna de las dos cosas. Quizá nunca le hubiese importado y también se hubiese equivocado en eso.

Mal no se encontró a nadie por las escaleras y cruzó las puertas de cristal que daban paso a la próspera empresa de Avery Scott. Ese era el centro de operaciones de una empresa dedicada al placer y la diversión dirigida con una precisión militar. Desde allí, Avery organizaba fiestas para los ricos y famosos. Había levantado la empresa con mucho arrojo, había rechazado encargos que no consideraba a la altura de su empresa. Al convertirse en alguien tan exclusivo, había que reservar sus servicios con años de antelación y sus fiestas eran un símbolo de categoría para quienes podían pagarla. Era la primera vez que iba a su oficina y pudo ver al instante que era un reflejo de ella. Era contemporánea y elegante, propia de una triunfadora que no necesitaba a nadie. Desde luego, a él no lo había necesitado. Apretó los labios. El vestíbulo estaba acristalado y en lo más alto del edificio. La luz bañaba unas plantas exóticas y unos sofás bajos y muy modernos. Detrás del mostrador curvo había una chica bastante guapa que contestaba los teléfonos. Él se había vestido con un traje en vez de la vestimenta tradicional, pero eso no sirvió para ocultar su identidad porque la recepcionista se levantó de un salto en cuanto lo vio.

—Alteza... Sois... Dios mío...

—No soy Dios —replicó Mal frunciendo el ceño al ver que se quedaba pálida—. ¿Le pasa algo?

—No, creo que no. Nunca había visto un príncipe —ella se llevó la mano al pecho y luego se abanicó—. Me siento un poco...

Mal consiguió agarrarla antes de que cayera al suelo. Entre irritado y divertido, la sentó en su silla y le bajó la cabeza con delicadeza.

—Respire. Muy bien. Se le pasará enseguida. ¿Le traigo un vaso de agua?

—No —consiguió contestar ella—. Gracias por agarrarme. Evidentemente sois tan fuerte como parecéis. Espero no haberos dañado la espalda.

Mal se sintió repentinamente divertido.

—Tengo la espalda muy bien.

—Eso es muy embarazoso. Debería haceros una reverencia o algo así, no desmayarme a sus pies —ella levantó la cabeza–. Supongo que habéis venido para ver a la señorita Scott. Imagino que no puedo esperar que no digáis nada... Debería mantener la calma ante los famosos, pero, como veis, me queda mucho camino por delante.

–No diré ni una palabra –Mal sonrió y se incorporó–. Tranquila. Ya la buscaré yo mismo.

Al menos, la recepcionista no había fingido que su jefa no estaba en la oficina, algo que agradecía porque su eficiente servicio de seguridad le había confirmado que estaba allí. Que no le hubiera contestado la llamada lo había enfurecido un poco más, pero no iba a reprochárselo a esa chica. Avery, sin embargo, era la mujer más fuerte que había conocido. Nada alteraba su compostura gélida. Al parecer, ni siquiera que fuese a casarse con otra mujer.

Con la rabia férreamente dominada, se alejó del mostrador y se dirigió hacia los despachos. Decidió que Avery habría elegido un despacho con vistas sobre el Támesis. Se orientó, vio una puerta grande, la abrió de par en par y la vio sentada detrás de una enorme mesa de cristal hablando con otra mujer. Estaba impecable, como siempre, y la melena rubia la caía sobre una camisa gris perla. Sintió una opresión en el pecho durante esos segundos que ella tardó en verlo. Era algo que solo sentía con esa mujer. Transmitía elegancia, eficiencia y destreza. Nadie que la viera dudaría de que haría perfectamente su trabajo.

Tenía una agenda que haría que el anfitrión más ambicioso se muriera de envidia, pero muy pocos conocían a la verdadera mujer. Cuanto más intentó acercarse él, más se acorazó ella. Casi se rio por lo paradójico del caso. Él se había pasado la vida evitando que las mujeres se acercaran demasiado. Con Avery, eso fue innecesario. Ella fue quien levantó las murallas y cuando intentó derribarlas, ella se limitó a marcharse. Fueron amantes durante un año y amigos durante más tiempo, pero había días en los que creía no conocerla. Sin embargo, sí había algunas cosas que conocía muy bien. Por ejemplo, que su boca era adictiva. Al recordar su sabor reaccionó de una manera que creía tener dominada. La primera vez que la conoció le atrajo su confianza en sí misma, su empuje, su éxito y que creyera tanto en sí misma. Sin embargo, las virtudes que lo atrajeron fueron el motivo para que se separaran. Ella era implacablemente independiente y le aterraba todo lo que pudiera amenazar esa independencia. Él la amenazó. Todo lo que tuvieron en común la amenazó y ella lo dio por terminado. Solo quedó el dolor. La gente daba por supuesto que alguien como él tenía todo lo que quería. No sabía lo equivocada que estaba. Se quedó un instante paladeando la mezcla de arrepentimiento y rabia y, entonces, ella levantó la cabeza y lo vio. Intentó captar alguna señal de que su inesperada aparición la había afectado de alguna manera, pero no vio nada. Se levantó con la misma calma imperturbable que mostraba siempre.

–Vaya sorpresa. ¿En qué puedo ayudarte, Mal?

Aparte de que lo hubiera llamado Mal, no hubo ni el más mínimo indicio de que hubieran estado todo lo juntos que podían estar dos personas. Su nombre le había brotado sin querer y solo un puñado de amigos íntimos lo llamaba así. Ella estuvo en ese círculo de privilegiados. Conocía a sus amigos más íntimos porque ella fue uno de ellos, una de las pocas personas a las que les daba igual su fortuna y su categoría social. Una de las pocas personas que lo trataban como a una persona y no como al próximo gobernante de Zubran. Mientras estuvo con ella, se olvidó del deber y las responsabilidades. Dejó a un lado todos esos pensamientos. Aquellos días habían pasado. Esa visita era profesional y no iba a convertirla en algo personal. No podía. Estaba a punto de casarse con otra mujer.

–No me has contestado al teléfono.

A él le parecieron innecesarios los formalismos o las cortesías.

–Estaba en una reunión. Tú, un líder mundial y experto en diplomacia, comprenderás que no podía interrumpir a un cliente –replicó ella en el tono neutro que él le había visto emplear con los clientes complicados.

Notó una descarga de adrenalina y recordó que esos combates verbales eran la segunda mejor manera que habían tenido de pasar el tiempo. En cuanto a la primera... La libido se despertó y él se dirigió hacia la otra mujer que había en la habitación porque era esencial que la conversación que iban a tener fuese en privado.

–Déjenos solos, por favor.

La mujer se levantó, salió del despacho y cerró la puerta. Avery lo miró con los ojos azules como témpanos.

–No puedes evitar decirle a la gente lo que tiene que hacer, ¿verdad?

–No pienso mantener esta conversación en público.

–Es mi despacho y mi empresa. Tú no mandas aquí. Sea cual sea el motivo para que estés aquí, nada justifica que hayas entrado sin llamar e interrumpiendo una reunión. Yo no te lo haría a ti y no creas que vas a hacérmelo a mí.

Fue como si una descarga eléctrica hubiese llenado el despacho de tensión.

–¿Y te da resultados no contestar las llamadas de tus clientes? Siempre había supuesto que el servicio al cliente era clave en tu actividad.

–No llamabas por mi actividad.

–Ni tú estabas pensando en tu actividad cuando no quisiste contestarme. Dejemos de fingir que no sabemos lo que está pasando.

Alterado por la intensidad de sus sentimientos, Mal fue hasta un ventanal y se recordó que el motivo para estar allí no tenía nada que ver con la relación que tuvo con esa mujer.

–Una vista preciosa. Te ha ido muy bien, tu empresa prospera mientras otras se hunden.

–¿Por qué te parece tan raro? Trabajo mucho y conozco el mercado.

Su réplica hizo que quisiera sonreír, pero se contuvo.

–No llevamos ni cinco minutos juntos y ya estás buscando pelea.

–Tú eres quien ha aterrizado con su helicóptero en mi tejado y se ha metido en mi despacho sin permiso. Creo que eres tú quien está buscando pelea, Mal.

Por primera vez desde hacía semanas, notó que la energía le corría por las venas. A nadie le reconocería lo que le gustaba que hubiera alguien que hablara sin reprimirse, que discutiera con él, que lo desafiara...

–Solo quería felicitarte por el crecimiento de tu empresa en unos momentos tan complicados.

–Podrías haberlo hecho por correo electrónico. No tengo ni idea de por qué has venido o por qué has estado llamándome cada dos minutos, pero me imagino que no quieres hablar de la lista de invitados o de los colores del...

–No me interesan lo más mínimo los detalles de la fiesta. Ese es tu trabajo.

–Por una vez, estamos de acuerdo. Ahora, te agradecería que te marcharas para que pueda hacer mi trabajo.

–Nadie, menos tú, se atrevería a hablarme así.

–Entonces, despídeme, Mal. Adelante, haz el encargo a otro

Ella lo miró a los ojos y él se preguntó por qué lo retaría para que abandonara algo que para ella tenía que ser muy importante. Parecía cansada a pesar del maquillaje perfecto. Le miró las manos y vio que daba vueltas nerviosamente a un bolígrafo. Avery nunca hacía algo así, nunca estaba nerviosa. La miró un momento e intentó interpretarla.

–No voy a despedirte.

–Entonces, vayamos al grano. ¿Qué haces aquí?

–He venido porque la fiesta no puede seguir por el momento. Falta algo esencial.

La mera insinuación de que había algo que no estaba perfecto hizo que se pusiera a la defensiva, como le pasaba siempre que alguien cuestionaba su competencia. Ella entrecerró los ojos mientras repasaba mentalmente todo lo que había que hacer.

–Te aseguro que no falta nada, Mal. He comprobado personalmente hasta el último detalle.

Tenía confianza plena en su capacidad y esa confianza estaba justificada porque a Avery Scott no se le escapaba nada. Su equipo se volvía loco por su obsesión por los detalles. También le había vuelto loco a él, pero aun así la admiraba porque había levantado una empresa próspera solo con su trabajo. Nunca le habían regalado nada ni nunca había pedido nada a nadie. Era la primera mujer que había conocido que no estaba interesada en nada de lo que él podía ofrecerle. Sintió una punzada de arrepentimiento, pero no podía permitirse el arrepentimiento.

–Me has entendido mal. Estoy seguro de que todo está perfecto, como siempre.

–Entonces, ¿qué puede faltar?

Mal vaciló porque estaba a punto de confiarle algo que no había confiado a nadie. Incluso, se preguntó si no habría sido un error acudir allí.

–¿Qué me falta? Lo más importante de todo. Me falta mi novia.

Capítulo 2

¿TU NOVIA?

Tuvo que hacer un esfuerzo enorme para decir la palabra. Bastante espantoso era que él estuviera allí, pero que hubiera ido a hablarle de su novia era insoportable. ¿No tenía delicadeza ni sensibilidad? Estaba atónita. Tenía que pensar, pero no podía hacerlo si él dominaba su despacho con ese traje oscuro que le resaltaba la ancha espalda y su musculoso cuerpo. Le preocupaba haberse fijado en su cuerpo, pero más le preocupaba la reacción de su propio cuerpo. Ese despacho era su espacio personal y que él se lo hubiese invadido hacía que se sintiera fatal, pero no soportaba sentirse fatal porque no quería sentir nada en absoluto. Estaba acostumbrada a dominarse en todos los momentos y era lo que más quería en ese momento.

Sin embargo, sintió un zumbido de pánico cuando el dominio de sí misma empezó a abandonarla. Durante el año, cuando se encontraban en actos que había organizado ella o a los que acudía como invitada, se limitaba a saludarlo con la cabeza desde un extremo de la habitación repleta de gente aunque él fuese el único hombre al que veía en esa habitación. Intentaba recuperar el control de su vida y de sus sentimientos y todo lo que hacía lo hacía para protegerse. Mal le había hecho daño, tanto daño que verlo volvía a ponerle en el límite. Lo que más le asustaba no era la sensación de que podía avasallar a una habitación llena de gente ni su impre-

sionante físico, aunque la combinación de virilidad y
musculatura perfecta era suficiente para que mujeres fe-
lizmente casadas se planteasen la infidelidad. No, lo
que la asustaba y hacía que se sintiese vulnerable era el
brillo seductor de sus ojos negros. Era el hombre más
sexual que había conocido. Aunque quizá pensaba eso
por la historia que habían tenido.

Le dirigió una mirada reservada solo para ella y que
le recordaba descaradamente un pasado que ella habría
querido olvidar. Quería olvidar toda intimidad entre
ellos. Iba a casarse con otra mujer. Mantuvo un tono
neutro y se negó a reaccionar a esa mirada aterciopelada
que amenazaba con derribar todas las defensas que había levantado entre los dos. No se trataba de ella, se trataba de su novia.

–¿Ha desaparecido Kalila?

Sintió un arrebato de preocupación a pesar de su instinto de autoprotección. Había estado un par de veces
con Kalila y le había parecido simpática, aunque algo
tímida. Le había parecido abrumada por el príncipe aunque, en teoría, se conocían desde hacía mucho tiempo.

–¿Estás diciendo que la han secuestrado o algo así?

–No, no la han secuestrado.

–Pero si ha desaparecido, ¿cómo puedes estar tan seguro de que no la han secuestrado? Quiero decir, es una
princesa y me imagino que habría gente que...

–Me han entregado una nota.

–¿Una nota? Pero...

–No piden un rescate, es una nota de ella.

–No lo entiendo.

Le costaba concentrarse. Mirarlo le llenaba la cabeza
con imágenes que, normalmente, solo la perseguían
cuando estaba dormida.

–Ha huido.

Ella se quedó mirándolo fijamente. El silencio se

alargó tanto que él acabó rompiéndolo con un gesto de impaciencia.

—Sus motivos no vienen al caso.

—¿No vienen al caso? ¿Cómo no van a venir al caso? ¿Cómo puedes desdeñar así lo que opina?

Avery sacudió la cabeza como si quisiera expulsar los pensamientos que no debería tener. ¿Qué había llevado a la tímida Kalila a hacer algo tan drástico?

—No lo desdeño, pero lo que importa no son los motivos, sino recuperarla.

—¿No crees que esas dos cosas pueden estar relacionadas? ¿Por qué se marchó? Para que alguien como Kalila haya hecho algo tan drástico, tiene que haber tenido un motivo de peso.

—No quiere casarse.

Él lo dijo entre dientes y ella se preguntó si la tensión que había percibido se debía al fastidio porque le habían desbaratado sus planes o a sus sentimientos hacia su teórica novia. Malik era un hombre inflexiblemente seguro de sí mismo y un negociador hábil que nunca perdía el control. Ella sabía por experiencia propia que no aceptaba bien que le desbarataran sus planes.

—Caray... Es un fastidio, resulta difícil casarse sin novia.

—Es mucho más que un fastidio. Estaba boda tiene que celebrarse.

—¿Porque es lo que quiere el padre de ella?

—Porque es lo que quiero yo. Tengo que convencerla de que nuestro matrimonio puede salir bien. Tengo que convencerla de que no soy como su padre, de que puedo protegerla.

Avery lo miró con perplejidad. ¿Alguna vez la había protegido a ella? No, claro que no. Además, nunca había necesitado que la protegieran. Lo que le dolía era que pudiese pasar de una mujer a otra con tanta facilidad.

–Entonces, estás dispuesto a montarte en un caballo y a blandir tu espada para protegerla... Bien hecho. Estoy segura de que ella agradecerá el gesto.

Ella llevaba mucho tiempo intentando convencerse de que era una boda política, de que él no sentía nada hacia Kalila. Evidentemente, se había equivocado. Sentía algo muy fuerte. Si no, ¿por qué estaba tan decidido a seguir con eso? Notó un nudo en la garganta y que le escocían los ojos. Afortunadamente, él no se dio cuenta.

–Ella es muy vulnerable. Aunque tú no lo entiendes, no sabes lo que es eso, ¿verdad?

–Entiendo que quieres matar a sus dragones.

–Tú preferirías que un hombre te proporcionara un dragón para que pudieras matarlo tú misma.

–Quiero a los animales. Si me hubieses traído un dragón, me lo habría quedado de mascota.

Antes, una conversación así habría acabado entre risas. Él la habría desafiado, ella habría respondido al desafío y la colisión habría acabado donde siempre, en el dormitorio o en cualquier otro sitio con cierta intimidad.

–Creo que sería más acertado que aprendiera a defenderse sola.

–No todas las mujeres son como tú.

Él replicó con una amargura en el tono que le escoció en heridas que no había cerrado todavía y que empezaba a temerse que no se cerrarían nunca. La tensión empezaba a ser insoportable. Le dolía la mandíbula de apretar los dientes.

–Entiendo tu problema. Es difícil casarse sin una novia, pero no entiendo qué pinto yo aquí, aunque lamento lo que te pasa y aplaudo tu sentimiento protector tan masculino, que, estoy segura, a ella le parecerá conmovedor. Tengo repuestos para casi todo, pero no para la novia.

–Kalila te apreciaba, te admiraba, te consideraba su

amiga. Al menos, todo lo amiga que alguien con la vida de ella podía tener –Avery notó que él estaba tan tenso como ella–. Te pido tu ayuda.

–¿Mi ayuda? No entiendo cómo podría ayudarte.

Lo miró y se preguntó cómo habían podido mantener una relación tanto tiempo. Él era un déspota, el príncipe, un hombre con un poder indescriptible. No quedaba rastro del hombre que se había reído con ella y que había discutido de filosofía hasta altas horas de la noche. Ese hombre era serio e intimidante. Sus ojos veían lo que ella no quería que vieran. Una vez le dijo que él podía juzgar mejor a una persona por lo que hacía que por lo que decía. Era un don que le permitía manejar tensiones diplomáticas entre países vecinos.

–No sé cómo podría ayudarte. Organizo fiestas. Llevo una vida de frivolidad sin reparos.

La mirada de él le dijo claramente que recordaba esa desagradable conversación tan bien como ella. Su actividad había sido otro motivo de conflicto entre ellos.

–Eres una mujer independiente y con recursos. Además, la conocías. Habló contigo y me preguntaba si tendrías alguna idea de a dónde ha podido ir. Rememora aquellas conversaciones. ¿Dijo algo que pueda servir para encontrarla? Cualquier cosa.

Ella había intentado olvidar aquellas conversaciones, había intentado olvidar a Kalila porque cuando se la imaginaba, se la imaginaba entrelazada con él y era una imagen tan dolorosa que le daban ganas de gritar. Las manos empezaron a temblarle otra vez y se las agarró a la espalda.

–Sinceramente, yo no...

–¡Piensa, Avery! ¿De qué hablasteis? –le preguntó con aspereza–. Hablaste con ella en varias fiestas. La ayudaste a elegir un vestido cuando fue la anfitriona de aquella cena benéfica. La pusiste en contacto con el modista de su vestido de novia. Ella te idolatraba, eras su modelo.

—¿De verdad?

Avery dejó escapar una ligera risotada y cerró la boca para no parecer histérica.

—Bueno —siguió ella—, estoy segura de que la disuadiste enseguida.

La reacción de él a esa referencia indirecta a su pasado en común fue apretar un poco los labios.

—¿Dijo algo? —preguntó él.

—No.

Ya estaba bien, ¿por qué no paraba? Naturalmente, no lo hacía porque el príncipe no paraba hasta que él quería.

—Sinceramente, no sé a dónde ha podido ir.

La preocupación fue abriéndose paso lentamente en ella porque Kalila era vulnerable y a ella no le gustaba pensar que una mujer era vulnerable. La llamaría en cuanto Mal se marchara. No tenía ninguna certeza de que Kalila fuese a contestar, pero lo intentaría.

—¿Te habló de algún sitio concreto?

Sus ojos color ébano se clavaron en ella para aumentar la intensidad de sus palabras. Sin embargo, solo aumentó la intimidad y la química entre ellos. Él frunció el ceño y ella retrocedió por la necesidad casi insoportable de tocarlo. Él, naturalmente, se dio cuenta del movimiento porque se daba cuenta de todo. La tensión entre ellos se incrementó. Sintió un calor casi abrasador en la pelvis. Aun así, él la miró y ella le aguantó la mirada porque su orgullo no le permitía desviarla... o, quizá, era porque no podía. La mirada los unía mucho más que cualquier palabra y ella notó que se le alteraban las entrañas.

—Tienes un servicio de seguridad con tecnología de última generación. ¿No pueden encontrarla?

–Por ahora, no. Creemos que ha podido disfrazarse, pero no puedo indagar sin despertar sospechas y quiero resolverlo lo más discretamente posible.

–¿Has hablado con sus amigos?

–No podía tener amigos. La criaron en un ambiente muy cerrado para protegerla.

Avery recordaba que ella se lo había contado y también recordaba que pensó que tenía que ser muy raro vivir prisionera de lujo y aislada de la realidad.

–Tú vas a casarte con ella, tú deberías saber dónde está.

–Hemos pasado muy poco tiempo juntos –reconoció él a regañadientes mientras se dirigía a un ventanal–. Reconozco que fue un fallo por mi parte, que di las cosas por supuestas.

–Siempre lo haces. Siempre sabes qué es lo más conveniente para los demás.

–Eso no tiene importancia ahora. Lo importante es encontrarla. Si el matrimonio no sale adelante, las consecuencias diplomáticas serán graves.

–¿Consecuencias diplomáticas? –Avery puso los ojos en blanco por sus prioridades–. No me extraña que Kalila se haya marchado; no es muy romántico, ¿no?

–Me sorprende que sepas lo que es romántico.

–¿Por qué? ¿Porque yo no soy romántica? No estamos hablando de mí. ¿Realmente no te dio ningún indicio de lo que sentía? Os conocíais desde hace años...

–No nos hemos dicho más de cinco palabras.

–Ah... –Avery disimuló la sorpresa.

Si no amaba a Kalila, ¿Por qué había tenido tanta prisa para casarse con ella? Solo se le ocurrió una explicación. Habían roto, estaba enfadado y lo había hecho para hacerle daño.

–Las veces que habló conmigo solía limitarse a darme la razón en todo lo que decía.

Avery se acordó de las vibrantes discusiones que habían tenido sobre cualquier tema, desde economía a los derechos humanos, y se preguntó cómo era posible que un hombre como Mal pudiese ser feliz con una mujer cuyo único objetivo en la vida era darle la razón. Tendría muy merecido ser desdichado si iba a dar un paso tan transcendental solo para darle en las narices.

–Si es tan obediente, podrías haberle ordenado que se sentara, como si fuese un perro.

–No es el momento para el sarcasmo. He venido para ver si sabías dónde puede estar.

–No lo sé y, sinceramente, tampoco sé por qué me lo preguntas.

Ya estaba deseando que se marchara. No solo por lo que conseguía que sintiera, sino porque quería llamar a Kalila y hacer sus averiguaciones.

–Fuimos buenos amigos –él se dio la vuelta y ella vio fugazmente el pasado en sus ojos.

Lo que él había metido en esa habitación era mucho más aterrador que cualquier dragón.

–Mal...

–Te lo pido como amigo. Confío en muy pocas personas, pero, a pesar de todo, confío en ti. Pasara lo que pasase, sigo confiando en ti y me doy cuenta de que esta situación puede ser rara... –su mirada oscura se clavó en ella como si fuese un dispositivo pensado para sonsacarle la verdad–. Si siguieses sintiendo algo por mí, no te habría mezclado. Tú rompiste y por eso he dado por supuesto que no es el caso. Si me he equivocado, dímelo ahora.

¿Qué quería que le dijera? ¿Que soñaba todas las noches con él? ¿Que le costaba concentrarse y que le costaba el doble hacer tareas muy sencillas? ¿Que algunas veces se miraba en el espejo y le parecía ver a una desconocida? Tenía la boca seca y el corazón acelerado.

No había dicho nada de sus sentimientos. Algo que no debería haberle sorprendido ni haberle hecho daño. Si hubiese sentido algo por ella, no le habría resultado tan fácil pasar de una mujer a otra.

–No tengo sentimientos –replicó ella en tono gélido–. Mi incapacidad para ayudarte no tiene nada que ver con nuestra historia, es que no tengo ninguna información.

–¿De qué hablasteis?

–No me acuerdo... –no quería recordarlo porque aquellas conversaciones fueron como puñales que se le clavaban–... de zapatos, de vestidos... Nunca dijo nada de huir.

¿O sí? Un recuerdo espectral se abrió paso en su cabeza. Avery frunció levemente el ceño y él lo captó como si fuese un león que analizaba los movimientos de una gacela.

–¿Qué?

–Nada –ella sacudió la cabeza–. Yo...

–«Nada» es lo único que tengo en estos momentos.

–¿Hay alguna posibilidad de que se haya ido al desierto?

Malik cambió de expresión y cerró los ojos.

–Ninguna. Kalila no soporta el desierto.

–Lo sé.

A ella le preció raro que detestara el sitio donde se había criado y le pareció más raro todavía que fuese a casarse con un hombre que adoraba el desierto.

–Me contó lo mucho que le asustaba... –Avery no siguió porque ese recuerdo le incomodó.

Él entrecerró los ojos y captó el remordimiento en el rostro de ella.

–¿Qué le aconsejaste al respecto?

–Es posible que habláramos sobre afrontar nuestros miedos reconoció ella sonrojándose.

–¿Y...? –preguntó él con cierto tono amenazador.

–Y nada. Dije que la mejor manera de superar algo que nos da miedo es enfrentarse a ello, pero, evidentemente, ese comentario no iba dirigido concretamente a ella.

Aunque, quizá, ella sí lo hubiese entendido así. El remordimiento fue adueñándose de Avery al ver que él iba poniéndose pálido.

–¿Le dijiste que debería ir sola al desierto?

–¡No, claro que no! –contestó ella con cierto pánico al darse cuenta de cómo había podido interpretar sus palabras–. Solo dije que hacer algo que te da miedo puede darte fuerzas, que te das cuenta de que puedes soportarlo y sales fortalecida.

–O sales muerto. ¿Te das cuenta de lo peligroso que puede ser el desierto para alguien que no tiene experiencia en la supervivencia allí?

–¡Sí! ¡No sé por qué me culpas! ¡No le dije que fuese sola al desierto!

–Entonces, esperemos que no lo haya hecho. No duraría ni cinco minutos.

Mal, con expresión de angustia, sacó el teléfono, hizo una llamada y habló precipitadamente con su servicio de seguridad mientras ella lo observaba con preocupación y remordimiento. ¿Habría tomado al pie de la letra sus palabras y se habría ido sola al desierto? No era posible que hubiese hecho algo tan necio... ¿o sí?

–Es posible que yo pueda...

–Ya has hecho bastante. Gracias por tu ayuda. Me has contado todo lo que tenía que saber.

Él le habló con una frialdad y una dureza que no le había visto nunca. Era implacable y sabía que a mucha gente le parecía intimidante, pero a ella nunca se lo había parecido. Además, ella tampoco le había parecido intimidante a él. Al contrario que a la mayoría de los hombres, a él no le abrumó su éxito y eso le pareció estimulante.

–No es culpa mía –aseguró ella con poco convencimiento–. Además, si eso es lo que ha hecho, es posible que no sea una idea tan mala. Es posible que le dé confianza en sí misma. Si ha ido al desierto, creo que ha sido muy valiente y...

–¿Valiente? –la interrumpió él con desprecio y acritud–. ¿Te parecerá valiente cuando le pique un escorpión o se pierda en una tormenta de arena?

–Es posible que te sorprenda –replicó ella con un genio espoleado por el remordimiento–. Además, también es posible que esa experiencia le dé valor para ser ella misma y decirte lo que quiere. Lo haga o no, deberías preguntarte por qué prefiere eso a casarse. Se ha metido en el desierto para escapar de ti.

–Das por supuesto que su desaparición es una especie de declaración sobre nuestra relación.

–Es lo que parece desde donde yo estoy.

–Ella aceptó, quería este matrimonio.

–¿Por qué lo sabes? ¿Se lo preguntaste alguna vez o lo diste por supuesto como haces siempre? Es posible que no quisiera casarse y que tuviera miedo de decírtelo. Es posible que el matrimonio fuese lo que menos quería en el mundo.

–No todas las mujeres creen que el matrimonio es un cautiverio que hay que evitar a toda costa.

La miró a los ojos y se le aceleró el pulso porque ya no estaban hablando de Kalila. Estaban rivalizando como habían hecho siempre, pero ese combate no iba a acabar con sus bocas y cuerpos entrelazados. Él estaba pensando lo mismo porque una arruga diminuta apareció entre sus cejas negras y los ojos se le oscurecieron peligrosamente. El ambiente se hizo sofocante y ella se preguntó cómo había podido cambiar la conversación de un terreno seguro a otro resbaladizo. ¿De quién había sido la culpa?

–Estábamos hablando de Kalila.

–Sí, de Kalila –confirmó él en un tono que le indicó que tampoco le gustaba el sentido que había tomado la conversación.

–Solo digo que, a lo mejor, ella expresó su opinión de la única manera que podía. No sé nada de los entresijos de esta situación ni quiero saberlo, pero me has preguntado qué opinaba y...

–No. Sé qué opinas del matrimonio y nunca te lo preguntaría. Nuestras opiniones son opuestas.

¿Por qué insistía en sacarle el tema cuando debería hablarlo con su futura esposa?

–Como has dicho, yo no sé qué siente Kalila, pero me parece evidente que la boda le dio pánico.

Y quizá ya estuviera muriéndose de sed en el desierto con unos pájaros enormes revoloteando por encima de ella.

–Lo que me parece evidente es que ha seguido tu consejo y se ha ido al desierto. Eso explicaría por qué no hemos encontrado ni rastro de ella en la ciudad –replicó él con la furia reflejada en los ojos–. Supongo que sería mucho pedir que sepas a dónde ha ido exactamente. ¿Le recomendaste algún sitio concreto para que... se enfrentara a sus miedos?

–¡No! Pero a lo mejor podría...

–Ya has hecho más que suficiente –él fue hasta la puerta–. Gracias por tu tiempo, sé lo valioso que es. Puedes facturármelo.

Iba a marcharse sin más. Avery sintió una opresión muy fuerte en el pecho.

–Mal...

–Tengo que irme. No quiero que esa chica inocente quede a expensas del desierto y de ese hombre que, desdichadamente, tiene por padre. Es demasiado vulnerable.

Avery sintió que algo se le revolvía por dentro. Fue un arrebato irracional de celos hacia la mujer que había despertado unos sentimientos tan afectuosos en un hombre conocido por su falta de sentimentalismo. Malik era un soldado y un diestro diplomático que estaba acostumbrado a lidiar con los adversarios más implacables. Le dolía por dentro que estuviera haciendo eso por otra mujer. Fuera cual fuese el motivo para casarse con Kalila, parecía que la quería. La tensión entre ellos se había sofocado y él estaba gélidamente distante.

–Te informaré de si la fiesta de la boda se celebrará. Hasta entonces, puedes detener los preparativos y facturarme los gastos que haya hasta la fecha.

–¡Por favor, deja de hablar de dinero! Me da igual el dinero. También me preocupa Kalila. ¡Espera!

–Tengo que rastrear todo un desierto.

–Entonces, lo rastrearé contigo.

Las palabras le brotaron a borbotones y ella no supo quién de los dos se había quedado más sorprendido. Él la miró con los ojos resplandecientes por la incredulidad.

–¿Cómo has dicho?

Ella retrocedió un paso, pero ya lo había dicho y no podía retirarlo, aunque no se creyera que lo hubiese dicho. Hacía un momento estaba deseando que se marchara y en ese momento estaba proponiéndole acompañarlo al desierto... ¿Qué estaba haciendo? Cuando su relación se rompió, ella había estado a punto de perder todo lo que había levantado con tanto trabajo. Así de intenso fue lo que vivieron. Sin embargo, estaba arriesgándose a volver a exponer sus sentimientos para ayudarlo a casarse con otra mujer. Quiso echarse atrás, pero su conciencia no se lo permitió.

–Si Kalila hubiese creído que podía hablar contigo, habría hablado contigo. Si la encuentras...

–Cuando la encuentre...

Sus ojos anunciaron todo tipo de represalias si no la encontraba y ella tragó saliva.

–Naturalmente, eso quería decir. Cuando la encuentres, tendrás que hablar claramente con ella, pero ¿qué pasará si ella no quiere hablar contigo? Nunca ha conseguido hablar contigo, ¿verdad? ¿Por qué iba a hacerlo ahora? Es más probable que hable conmigo.

Se hizo un silencio largo y palpitante.

–A ver si me he enterado. ¿Estás ofreciéndote para ayudarme a encontrar a mi novia y convencerla para que se case conmigo?

–Efectivamente. ¿Por qué no?

Avery hizo un esfuerzo para decirlo y él la miró fijamente como si quisiera ver debajo de la fachada que presentaba a todo el mundo.

–Creía que, a lo mejor... podía costarte que me casara con otra mujer.

–¿Costarme? –ella esperó que la risa hubiese sido más convincente de lo que le sonó a ella–. ¿Por qué has podido pensar eso? Nuestra relación es parte del pasado, Mal. Nadie desea tanto como yo verte casado. Si no, ¿cómo iba a organizarte la fiesta de la boda y facturarte un montón de dinero? Vamos a acabar con esto.

Capítulo 3

QUÉ has dicho? Bueno, ya tengo la certeza plena de que estás loca. ¿Vas irte al desierto para encontrar a una princesa llorona que no tiene el valor de decir lo que piensa y a convencerla para que se case con el hombre del que estabas enamorada? –Jenny estaba tumbada en la cama del piso de Avery y la miraba mientras hacía el equipaje–. Parece sacado de una serie de televisión francamente mala. Va a acabar con lágrimas, con tus lágrimas, por cierto.

–Nunca en mi vida he llorado por un hombre y deja de decir que estaba enamorada de él –Avery guardó un par de camisas–. Además, Kalila no es llorona. No tiene la culpa de que su padre la sometiera toda su vida. Siento lástima. Es mejor no tener padre que tener uno malo.

–Dejemos los conflictos paternales al margen. Bastante tenemos.

–No tengo conflictos paternales.

–Lo que no entiendo es que el príncipe te pidiera que lo hicieras. Se necesita valor...

–No me lo pidió. Me ofrecí yo. No puede casarse sin novia y quiero que se case.

–¿Quieres que se case?

–Claro.

Avery metió un par de pantalones. Una vez casado, no habría marcha atrás. El matrimonio acabaría con sus sentimientos hacia Mal. Sería el punto final que estaba buscando.

–Además, quiero que se celebre la fiesta. Sería malo para la empresa que se cancelara.

–Entonces, ¿lo haces por la empresa?

–Lo hago porque me preocupa Kalila. Deberías haber visto cómo me miró cuando le dije lo que le dije. Fue como si la hubiese metido en la jaula de los leones. Me cae bien.

–¿De verdad? A mí me parece una quejica.

–Creo que es víctima de las circunstancias. Es dulce y me siento responsable. También tengo remordimientos. Es la última vez que le digo a alguien que se enfrente a sus miedos.

Avery eligió algunos cosméticos y los guardó en la bolsa.

–No eres responsable de que hiciera algo irreflexivo y absurdo.

–Es posible que sí sea responsable. Yo le metí esa idea en la cabeza.

Eligió ropa pensada para taparla, no solo del sol, sino de que pudiera parecer provocativa. Lo que le faltaba era que Mal pensara que estaba intentando llamar su atención.

–Es ridículo. Diriges una empresa, Avery. No tienes tiempo para irte a buscar a una mujer que no conoces casi con el hombre con el que saliste. Deberías... ¿Qué es eso? –preguntó Jenny con inquietud mientras Avery guardaba sus robustas botas de senderismo.

–«Eso» van a librarme de las mordeduras de las serpientes y de los escorpiones.

–Bueno, olvídate de mi última frase. No me extraña que la princesa saliera corriendo. No es llorona, es sensata y piensa a largo plazo. Es mejor pasar un tiempo en el desierto que toda la vida. Si yo tuviera que llevar unas botas así, tampoco me casaría con el príncipe.

–El desierto es precioso, es conmovedor y asombroso.

–¿Eso lo dice una mujer que no puede estar a menos de diez minutos de un spa?

–En realidad, estuve en un spa cuando fui allí, pero también en una tienda de beduinos y disfruté lo mismo. Es un sitio muy romántico.

–Tú no eres romántica. Estás metida en un lío, lo sabes, ¿verdad?

Claro que lo sabía.

–No estoy metida en un lío. Sé lo que hago.

–Me imagino que tendré que llamar yo al senador y darle la noticia de los cisnes y los globos.

–Sí. Habla con autoridad. Si hay algún problema, llámame. Llevaré el teléfono, aunque, a lo mejor, no tengo cobertura. Sin embargo, Mal llevará su teléfono vía satélite y podré llamarte. No le digas a nadie dónde estoy. Vamos a rescatarla y luego inventaremos alguna historia,

–¿Qué historia?

–No lo sé. La idea de spa es buena. A lo mejor ella y yo nos fuimos al desierto para pasar unos días. Tienes que ser ambigua. Si alguien pregunta algo, dile que estoy con una amiga. Serán tres días como mucho –Avery se fijó en la expresión de Jenny–. ¿Qué pasa?

–Das por supuesto que ella querrá volver con vosotros, que se casará con Mal y que serán felices toda la vida. ¿Qué pasará si no quiere?

–Querrá.

–Huyó de él.

–Solo tienen que empezar a comunicarse. Saldrá bien.

–Eso espero –Jenny le dio el bote de protección solar–, pero ni siquiera sabéis por dónde empezar a buscarla.

–Tenemos algunas ideas. Ya he hablado con la hermana de Kalila. Cree que podría estar en una comunidad del desierto adonde la mandaron de adolescente. Empezaremos por ahí.

–¿Un campamento de verano?

–Algo así –Avery guardó el pasaporte–. Es un sitio zen o algo así para encontrarse a uno mismo.

–Un campamento con escorpiones. Menos mal que mis padres no me mandaron a uno.

Avery no sonrió porque sabía que el problema no iba a ser la fauna del desierto ni lo inhóspito del lugar. Iba a ser Mal o, más exactamente, lo que sentía por Mal.

–Los escorpiones no son un problema si te acuerdas de sacudir las botas antes de ponértelas por la mañana y no levantas piedras.

Jenny se sentó con las piernas cruzadas.

–Eres una mujer que lo sabe todo sobre cómo celebrar una fiesta por todo lo alto, ¿cuándo aprendiste todo eso sobre los escorpiones?

–Pasé algún tiempo en el desierto con Mal.

Además, no quería pensar en eso, no se atrevía a pensarlo, pero Jenny no iba a desaprovecharlo.

–Es el príncipe. Supongo que cuando iba al desierto llevaría tiendas con joyas incrustadas y cientos de sirvientes. No creo que permitieran a los escorpiones acercarse a él...

–Su padre lo mandó un año con una tribu del desierto para que entendiera cómo vivían. Además, después de Cambridge, pasó dos años con el ejército de Zubran. Conoce el desierto, aunque esto es distinto porque vamos a viajar a Arhmor, de donde procede la princesa. ¿Cuál de los dos? –Avery le enseñó dos sombreros y cuando Jenny señaló uno, lo metió en la bolsa–. Al parecer, vamos a fingir que somos turistas.

–¿No lo reconocerán? ¿No te reconocerán a ti? Con tu pelo rubio y los ojos azules...

–Por eso llevo el sombrero –Avery también metió

un chal de seda–. Además, nadie esperará ver al príncipe de Zubran en un todoterreno y como no esperarán verlo, no lo verán. Sin embargo, tienes razón. No creo que viajar disfrazado sea lo suyo. ¿Puedes darme una gorra de béisbol que diga «Amo Londres» o algo así?

–Si tengo que hacerlo... ¿Estás completamente segura de que no te importa viajar por el desierto con un hombre del que estuviste enamorada?

–No estuve enamorada de él. Te lo he dicho mil veces.

–Es posible que te crea dentro de otras mil veces –Jenny se bajó de la cama–. Solo me preocupa que vaya a ser doloroso para ti.

–No lo será. Me curará –Avery cerró la maleta–. A los cinco minutos de haber estado con Mal en el desierto, me habrá sacado de quicio y estaré haciendo todo lo posible para que se case con otra mujer. Es más, a lo mejor voy arrastrándola yo misma por el pasillo de la iglesia.

Ella estaba sacándolo de quicio. Después de haber pasado cinco minutos con ella, Mal estaba preguntándose cómo habían podido pasar un año juntos. Ninguna otra mujer lo conseguía y menos esa con la que debería casarse. Apretó los labios mientras pensaba en el cambio de Kalila. ¿Podía reprocharle que hubiera escapado? No tuvieron ninguna relación. No le mintió a Avery cuando le dijo que no habían hablado casi. Le mintió cuando dio a entender que esa falta de comunicación había sido porque la habían educado de una forma muy estricta. En realidad, cuando se dio la ocasión, no tuvieron nada que decirse. El matrimonio era un deber, nada más. El pacto era tan desagradable para ella como para él, pero él había hecho una elección y creía que ella también. Además, si alguna vez creyó que el deber y el deseo podían coincidir, eso quedó en el pesado. Salvo que ese «pasado» estaba quitándose una bolsa de los hombros y mirándolo como si él tuviera la culpa del calentamiento global y de la crisis económica. Había sido un necio al dejar que lo acompañara, al haberse puesto en esa situación.

–Yo conduciré.

Ella dejó la bolsa en la parte trasera del todoterreno. Esbelta y elegante, llevaba unos pantalones de lino y una camisa de manga larga que le protegía los brazos del sol. También llevaba el pelo rubio recogido en una trenza que le colgaba por la espalda. Mal apartó la mirada de su figura y la miró a la cara, que, como siempre, estaba perfectamente maquillada. No había ningún indicio de que la situación le pareciera estresante. ¿Por qué iba a haberlo? Ella había roto la relación, ¿no? Además, no había dado muestras de lamentarlo desde entonces.

–Yo conduciré –él quería concentrarse en algo que no fuese ella–. Llamaré menos la atención.

–El conductor llama más la atención que el acompañante. Yo conduciré.

–¿Vamos a discutirlo todo?

–Eso depende de ti –contestó ella con los ojos azules muy fríos–. Si eres un turista, tienes que parecer un turista. Menos mal que te traje un recuerdo de Londres –le tiró la gorra.

–¿Amo Londres?

–Intenté encontrarte una camiseta a juego, pero no tuve suerte. Así te pareces un poco más a un turista que hace cinco minutos. Ya solo tienes que dejar de darme órdenes.

Ella le miró los hombros. Fue tan fugaz que un observador cualquiera no habría notado nada especial, pero él buscó otros indicios y los encontró. Su respiración había cambiado levemente y se había apartado un paso.

–Nunca te he dado órdenes. Siempre has hecho exactamente lo que querías.

Seguía observándola y notó que le vacilaba la expresión. Por un instante, creyó que iba a decir algo personal, que, incluso, podía reconocer que viajar juntos era mucho más complicado de lo que se había imaginado, pero sonrió con despreocupación.

–Muy bien. Entonces, no te importará que conduzca yo.

Abrió la puerta del conductor y estaba a punto de montarse cuando la agarró del brazo. Fue un contacto mínimo, pero bastó para que sintiera una atracción tan bárbara que la soltó inmediatamente. Sin embargo, fue demasiado tarde porque su cuerpo ya la había reconocido. Su perfume fue tan evocador que no pudo pensar en nada más. No podía recordar lo que había estado a punto de decir ni podía pensar en nada que no fuese cuánto la deseaba. Tenía su boca tan cerca que podía notar los intentos que hacía para respirar. Conocía esa boca y la deseaba.

Lo miró a los ojos y por un instante vio algo que no había visto antes. Era mucho más que pena. ¿Desdicha? ¿Desolación? ¿Miedo? Desapareció mientras intentaba reconocerlo y se quedó pensando si se habría imaginado esa fugaz visión en la intimidad más recóndita de alguien. Ella fue la primera en apartar la mirada.

–Muy bien, conduce tú si te importa tanto.

Su voz tenía muchos matices, pero no el que estaba buscando. La pareció aburrida y burlona, pero no captó dolor y supuso que su cerebro se lo había inventado.

–Avery...

Ella no le hizo caso, dio la vuelta al coche y abrió la puerta del acompañante.

–Si tienes que confirmar tu virilidad detrás del volante, adelante. Es posible que puedas lancear un antílope para la comida o matar una serpiente de cascabel con las manos –Avery se montó con agilidad y elegancia–, pero conduce a una velocidad aceptable. No hay nada que me desquicie más que un hombre indeciso al conducir y no querrás estar encerrado conmigo cuando estoy desquiciada, ¿verdad?

Mal apretó los dientes. No quería estar encerrado con ella en absoluto. Ya estaba sacándolo de sus casillas. Si no la abandonaba allí mismo era porque le sería útil cuando encontraran a Kalila.

–Primero pasaremos por el campamento del desierto. Llegaremos mañana por la mañana.

Si a ella le inquietaba pasar una noche en el desierto con él, no lo demostró.

–Podrías ir allí en tu helicóptero.

–Y todo el mundo se daría cuenta de que mi novia se ha escapado –Mal se puso el cinturón de seguridad y entró en una carretera polvorienta–. Estoy intentando evitarlo por motivos evidentes. Intento proteger a Kalila. Si es posible, no quiero que su padre lo descubra.

–Puedo entender que no sería una publicidad muy buena. Tu equipo de relaciones públicas iba a pasárselo muy bien contrarrestándolo –el vehículo dio un bote por un bache y ella se agarró al asiento–. Cuando quieras que conduzca, dímelo.

–Llevamos cinco minutos en marcha. Eres una pasajera espantosa.

–Me gusta llevar las riendas. Si voy a morir, quiero elegir dónde y cuándo... y, en general, con quién, pero no se puede tener todo...

–Soy un conductor especialmente bueno.

–Para hacer algo especialmente bien, hay que practicar y se puede decir que tú naciste en una limusina blindada y conducida por un chófer.

–Conduzco mucho salvo que tenga que trabajar. También piloto y lo sabes.

La miró de soslayo y ella lo miró con el ceño fruncido.

–Mira la carretera. Tienes que estar entero cuando encuentres a tu princesa virgen.

–Por curiosidad, ¿qué es lo que criticas, que sea virgen o princesa?

–No critico nada. Solo es una frase descriptiva.

–Una elección interesante de las palabras. ¿Te cae mal Kalila?

–Me cae muy bien. Me parece perfecta para ti –contestó ella poniéndose unas gafas de sol.

–¿Qué quieres decir?

–Nunca te llevará la contraria. Hagas lo que hagas o digas lo que digas, ella te admirará y pensará que tienes razón porque no le cabría en la cabeza que no la tuvieras.

–A lo mejor es porque tengo razón –él vio que ella sonreía levemente y sintió un arrebato de rabia–. Kalila es una joven dulce y complaciente.

–Como he dicho, perfecta para ti. ¡Mira! ¿Son unas gacelas?

–Sí. ¿Crees que temo que me lleven la contraria?

–No soportas que te lleven la contraria, Mal. Pasa tan pocas veces que nunca podrás acostumbrarte. Por eso das por supuesto que siempre tienes razón. ¿No es raro ver una manada de gacelas por aquí? ¿De qué tipo son? –ella sacó el teléfono para hacerles una foto–. Son maravillosas, ¡qué elegantes! Me encanta su color tan claro.

–Es típico de ti comentar su aspecto. Se han adaptado a la vida en el desierto. Además, no me importa que me lleven la contraria. Mi esposa y yo seremos iguales.

Ella se rio espontáneamente mientras guardaba el teléfono otra vez en el bolso.

—Perdona, pero reconocerás que tiene gracia.

—¿Qué tiene gracia?

—Que digas que seréis iguales. ¿En qué mundo?

Él hizo un esfuerzo para contener la ira.

—Seremos iguales.

—Siempre que te dé la razón.

Ella dejó de reírse y replicó con frialdad. Él, repentinamente, quiso que no fuese tan fría.

—Entonces, ¿no te molesta que me case?

—¿Por qué iba a molestarme? Puedes casarte con quien quieras, no es asunto mío. Debería haber llamado a Kalila para hablar de mujer a mujer. Pobrecilla.

—¿Pobrecilla? Tú y yo estuvimos más de un año juntos.

—Pareció mucho más tiempo, ¿no? Ya no estamos juntos y es un alivio enorme para los dos. Si lo que me preguntas es si me sorprendió que fueses a casarte, la respuesta es: no. Siempre supe que te casarías. Eres de los que se casan, Mal.

Ella respondió demasiado deprisa, demasiado despreocupadamente y tapada por las gafas de sol.

—¿Qué quiere decir que «soy de los que se casan»?

—Que eres de los que quieren casarse, evidentemente. Las personas se casan por distintos motivos. Unos lo hacen por conseguir seguridad económica, otros, porque no les gusta vivir solos o, cada vez más, porque el divorcio les parece una operación lucrativa. En tu caso es porque te sientes responsable hacia tu padre y tu país. Sientes el deber de tener hijos y para eso necesitas una esposa porque no te plantearías otra posibilidad.

Mal se había olvidado de lo escéptica que era ella

sobre el matrimonio. Suponía que se debía a su familia, pero no le había contado muchos detalles aparte de que su madre la había criado sola. Habían dedicado el tiempo al presente, no al pasado. ¿Habría cambiado algo si le hubiese preguntado más cosas? ¿Habría servido de algo que hubiese sabido mejor cómo pensaba?

–¿Crees que esos son los únicos motivos para casarse?

Él conducía deprisa por esas amplias carreteras del desierto y deseaba no haber empezado esa conversación. No quería hablar de su inminente matrimonio, no quería pensar en él hasta que llegara el momento. Lo había retrasado todo lo que había podido, pero ya estaba agobiantemente cerca y lo abrumaba como unos nubarrones muy oscuros. Era verdad que se lo había pedido a Kalila a las pocas semanas de romper con Avery, pero había tenido sus motivos, motivos que no pensaba contarle. ¿Para qué?

Sonó el teléfono de ella y lo contestó. Esa mañana ya había hablado cuatro veces con su oficina.

–¿Palomas? –preguntó Mal intentando disimular el sarcasmo cuando ella dejó de hablar–. Te ocupas de asuntos muy importantes, ¿verdad?

–Si estás insinuando que mi empresa no sirve para nada, te recordaré que la fiesta que organicé para la inauguración del hotel de Zubran tuvo una publicidad tan buena que tiene una ocupación del cien por cien, lo cual ha sido un impulso muy considerable para la economía del país tanto por el empleo como por el aumento del turismo, lo cual también ha supuesto beneficios para los alrededores –ella repasó sus correos electrónicos sin levantar la cabeza–. Sin embargo, también es verdad que, aparte de las ventajas comerciales de contratar mi empresa, hay otras más intangibles. Ofrezco recuerdos inolvidables a la gente. Muchas veces tengo el privilegio de presenciar los momentos más felices de algunas personas. Aniversarios, bodas... momentos que siempre serían especiales, pero que yo puedo convertirlos en inolvidables. Al recomendar esas palomas que te parecen tan poco importantes, es posible que haya salvado su matrimonio. Es paradójico que yo, una escéptica confesa sobre al matrimonio, trabaje para salvar uno mientras tú, un defensor a ultranza, te burles de mis intentos.

–No estaba burlándome de ti.

–Te has burlado de mi profesión, Mal. Nunca te la has tomado en serio –replicó ella con cierto resentimiento–. Lo siento. Es historia. No sé por qué estamos hablando de esto.

–Te pido disculpas. Nadie puede dejar de admirar lo que has conseguido con tu empresa.

–¿Qué te molesta más, el carácter «frívolo» de lo que hago o que trabaje como un hombre?

–No sé de qué estás hablando.

Sí sabía de qué estaba hablando y agarró el volante con más fuerza.

–¡Venga, Mal! Te gusta considerarte progresista, pero no te sientes cómodo con una mujer que hace su trabajo con la pasión que le pondría un hombre. Crees que yo no debería viajar por el mundo y dormir de vez en cuando en el despacho. Eso es lo que hacen los hombres, ¿no? Crees que las mujeres trabajan hasta que encuentran a un hombre, se casan y forman una familia. Sería gracioso si no fuese tan desesperante.

–No tengo objeciones a tu forma de trabajar, la admiro.

–Desde lejos. No puedes reconocer la verdad ni ahora mismo.

–¿Cuál es la verdad? Dímela tú.

Estaban liberando de la única forma que podían la tensión casi insoportable que se creaba cuando estaban juntos.

–Quieres una mujer descalza y embarazada en la cocina. Sin opiniones ni vida propias. Por eso vas a casarte con Kalila.

Iba a casarse con Kalila porque era la única posibilidad que le había quedado.

–Es una conversación inútil.

–Los hombres siempre dicen eso cuando han perdido –ella sonrió–. Nunca dicen «tienes razón» o «he metido la pata». Por cierto, ¿aquí ponen multas por exceso de velocidad? Van a ponerte una. Pareces enfadado, ¿lo estás?

Estaba atosigándolo y se dio cuenta de la facilidad que tenía para conseguirlo.

–Me preocupa Kalila. Es importante que lleguemos al pie de las montañas al anochecer –desaceleró un poco y molesto consigo mismo por permitir que ella lo desquiciara–. Conozco un buen sitio para acampar, pero quiero llegar mientras haya algo de luz.

–Entonces, ¿es imposible que encuentres a tu novia esta noche?

–Si está donde sospecha su hermana, sí. Tendremos que pasar la noche.

La idea de pasar una noche en el desierto con esa mujer le apetecía casi tanto como su boda.

–Si su hermana sabía a dónde iba a ir, ¿por qué no lo impidió?

–No lo sabía. Kalila le mandó la misma nota que a mí. Jasmina tuvo miedo de la reacción de su padre y se puso en contacto conmigo. Lo cual, fue una suerte porque tenemos algo más que al principio. Ella está cubriendo a su hermana. En estos momentos, el jeque ni siquiera sabe que su hija no está en sus aposentos.

–Su padre parece un encanto. Es mejor no tener padre que tener uno que da miedo.

Era la primera vez que él le oía hablar de su padre.

La miró, pero ella miraba hacia el frente con el ceño levemente fruncido.

–Me encanta cómo cambian los colores y las formas con la luz. Es fascinante –añadió ella.

–Es la combinación del viento y el sol.

Él había visto cómo se enamoró de las misteriosas dunas la primera vez que estuvieron allí y todavía podía recordar el placer reflejado en su cara cuando vio la primera puesta del sol en el desierto. Otra paradoja. Esa mujer criada en una ciudad occidental podía sentir afinidad con el sitio donde él había nacido mientras Kalila, con orígenes en el desierto, lo encontraba espantoso.

–¿Tu padre no estaba contigo cuando eras pequeña?

–¿Ahora vamos a pasar al psicoanálisis?

–Nunca has hablado de tu padre desde que nos conocemos.

–Porque no hay nada que decir.

Su tono fue gélido y sus palabras solo querían disuadirlo. Sin embargo, no pensaba darse por vencido aunque tampoco sabía por qué se lo preguntaba cuando ya era tarde.

–¿Se marchó cuando eras pequeña?

Era una pregunta personal e improcedente porque se había prometido no meterse en el terreno personal, pero la hizo. Siempre había dado por supuesto que su padre era el responsable, en alguna medida, de su rechazo al matrimonio, pero ella nunca había comentado nada.

–¿Por qué tienes este interés repentino en mi padre? Estábamos hablando de Kalila, no de mí.

–Estaba pensando que criarte sin un hombre en tu vida ha tenido que ser complicado para ti.

–Vuelves a dar por supuesto que una mujer necesita a un hombre para sobrevivir.

–No doy por supuesto eso –Mal resopló–. ¿Por qué malinterpretas voluntariamente lo que digo?

—Te conozco, Mal.

—Es posible que no me conozcas.

Se preguntó cómo había podido estar tan ciego. Ella tenía miedo. ¿Por qué no lo había visto?

—Los dos sabemos que tienes una opinión muy tradicional sobre el papel de la mujer.

—No des por supuesto que sabes lo que pienso.

—Es fácil adivinarlo. Vas a casarte con una mujer que no conoces casi para tener una vida tradicional y criar hijos.

—¿Es tan malo pensar en las ventajas que tiene que un hijo se críe en una familia tradicional?

—Yo no me crie en una familia tradicional y me va bien.

Él pensó que no le iba tan bien.

—No digo que a un hijo no pueda irle bien sin un padre, pero la familia ofrece seguridad.

—Eso es una sandez. Mira el padre de Kalila. ¿No le iría mejor con una madre que le enseñara a ser fuerte e independiente que con un padre que la intimida?

Avery lo dijo demasiado deprisa, estaba deseando cambiar de conversación. Mal pensó en su padre. Era estricto y muchas veces estaba ocupado, claro, pero nunca tanto como para no pasar tiempo con su hijo.

—¿Tu madre no se casó otra vez?

—No sé por qué sigues con los padres. El de Kalila la asustó tanto que se escapó y el tuyo te ha presionado para que te cases con una desconocida.

Ella no había contestado la pregunta.

—No me ha presionado.

Era el momento de contarle la verdad sobre su boda con Kalila, pero hubo algo que lo contuvo.

—Somos una buena pareja —añadió él.

—Porque tú das las órdenes y ella las obedece, Mal. Eso no es una relación, es servidumbre. Ni siquiera habéis tenido una conversación. No sabes lo que le gusta y lo que le disgusta y no tienes ni idea de por qué se ha escapado ni a dónde. Eso no parece un lazo inquebrantable...

Sus conversaciones siempre habían sido apasionadas, pero ella nunca había sido tan antagónica. Era como si quisiera provocarlo.

–Respeto mucho a Kalila y valoro sus opiniones.

–¿Cuándo ha dado su opinión? ¿Cuándo ha expresado un pensamiento que no fuese tuyo?

–Es posible que pensemos lo mismo.

–Es más probable que le dé miedo decirte lo que piensa o que ni siquiera sepa lo que piensa porque nunca le han permitido descubrirlo. Tenéis que hacer algo al respecto, Alteza. No solo es políticamente incorrecto tener una esposa pasiva, es que os aburrirá a los cinco minutos –el coche dio un bote–. Además, también deberíais hacer algo por el estado de vuestras carreteras.

Y por el estado de sus nervios. Estaba tenso y enfadado.

–Esta carretera no es mía. Salimos de Zubran hace una hora. Ahora estás en Arhmor y las infraestructuras nunca han sido una prioridad para el jeque –estaban acercándose a las montañas y la carretera era más rudimentaria, como todo en Arhmor–. Esperemos que no pinchemos.

–Entonces, el jeque, en vez de arreglar las carreteras, quiere levantar un imperio. Me imagino que el matrimonio es por eso, ¿no? Tu país es el más próspero. Supongo que espera que tú arregles las carreteras si te casas con su hija.

–El matrimonio tendría ventajas políticas, es verdad, pero no es el único motivo. Kalila es una princesa con un linaje impecable.

–Haces que parezca una yegua de cría, pero me imagino que, efectivamente, su misión es tener muchos sultanes para el futuro —ella lo dijo como si quisiera parecer despreocupada y miró por encima del hombro—. ¿Estás seguro de que es el camino correcto? Según el navegador, deberías haber girado allí detrás. Deberías haberme dejado que condujera yo. Todo el mundo sabe que los hombres no podéis hacer dos cosas a la vez.

Efectivamente, estaba provocándolo, pero no entendía por qué. ¿Por qué quería que ese viaje fuese más complicado y desagradable de lo que ya era? Tomó aliento, miró la pantalla y soltó un improperio. Ella tenía razón. Se había pasado un cruce importante. No porque no pudiera hacer dos cosas a la vez, sino porque Avery y su boda no le permitían concentrarse. Dio la vuelta bruscamente y tomó el camino correcto. El paisaje era cada vez más desolador.

—Como digas una sola palabra, te dejo en la cuneta.

—Ni se me ocurriría...

Ella lo dijo con un tono de felicidad tan evidente que él agarró con más fuerza el volante.

—Eres desquiciante. Lo sabías, ¿verdad?

—¿Porque he dicho que ibas por el camino equivocado?

—Puedo conducir perfectamente. Si buscas pelea, tendrás que buscarte otro motivo.

—Por eso terminó nuestra relación. No podemos aguantarnos ni cinco minutos. Lo único que hacíamos bien como pareja era pelearnos.

Se trataba de eso... Ella lo provocaba porque le aterraba lo que tuvieron juntos. Le aterraba que pudiera pasar algo si dejaba de discutir. Algo mucho más peligroso. Mal frenó bruscamente y la miró dominado por la furia.

—Nuestra relación no terminó por eso y hacíamos bien muchas cosas aparte de pelearnos.

Notó que ella se ponía rígida y que le costaba respirar.

—No es verdad.

—Los dos sabemos perfectamente por qué acabó nuestra relación, Avery, y no tiene nada que ver con las discusiones.

Ella tenía una piel muy suave y muy blanca. Tenía los labios apretados en su hermoso rostro.

—No va a servir de nada hablar de esto.

—Es posible, pero vamos a hablarlo.

—Mal...

—¡Nuestra relación terminó porque te pedí que te casaras conmigo y no quisiste!

Capítulo 4

ELLA intentó convencerse de que no merecía la pena hablar de eso, pero estaba tan enfadada que temblaba desde los pies a la cabeza. Se bajó del coche y Mal se bajó detrás de ella. El portazo retumbó en el silencio del desierto. Estaban solos entre las dunas abrasadoras.

–¿Piensas marcharte andando?

–¿Eso es lo que piensas? ¿De verdad crees que me pediste que me casara contigo? –ella se dio la vuelta para mirarlo con el corazón acelerado y el sol dándole en la cabeza–. Debemos de vivir en mundos paralelos porque yo lo recuerdo de forma muy distinta.

Su furia la abrasaba más que cualquier elemento de la Naturaleza, pero por debajo también sentía otras cosas. Pena, deseo, sentimientos que no quería sentir... A juzgar por su expresión, él tampoco quería sentirlos. La miraba con cautela, como si fuese un escorpión enfurecido.

–Avery...

–Pensándolo bien, no me extraña porque nunca pides nada a nadie, lo ordenas.

–¿Has terminado? –preguntó él con un brillo peligroso en los ojos negros.

–Casi ni he empezado. Eres tan arrogante que nadie participa en tus decisiones. No me extraña que tu novia virgen se haya escapado al desierto.

–Deja de llamarla así.

–Dime una cosa –ella se puso en jarras sin dejar de

temblar–. ¿Le pediste que se casara contigo o preparaste la boda y se lo comentaste de pasada? A lo mejor eso fue lo que pasó, a lo mejor nadie le recordó que tenía que casarse.

Él apretó las mandíbulas.

–Reconozco que la petición... fue indirecta, pero hubo circunstancias...

–No fue indirecta, no hubo petición. Lo diste por supuesto con toda tu arrogancia.

La furia, la humillación y el espanto volvieron a adueñarse de ella. Estuvo a punto de perderlo todo, absolutamente todo.

–Diste por supuesto que aceptaría porque ¿quién no aceptaría? –siguió ella–. Estabas tan seguro de ti mismo que ni siquiera te paraste a pensar lo que yo necesitaba, estabas tan seguro que ni siquiera te molestaste en preguntarme mi opinión. ¡No hay ninguna circunstancia que pueda explicar o justificar tu arrogancia!

–Y si las hubiera, no estarías dispuesta a escucharlas.

–La primera vez que me enteré de tu «petición» no fue cuando estuvimos solos y me preguntaste si me había planteado casarme contigo, fue cuando uno de mis mayores clientes me llamó para cancelar su contrato porque había oído que yo ya no iba a dirigir mi empresa. Cuando le pregunté dónde había oído ese rumor, me dijo que te lo había oído a ti, que tú le habías dicho que cuando te hubieras casado conmigo, yo ya no seguiría con mi actividad. Perdí clientes por tu culpa. Podría haber perdido toda la empresa, mi empresa, la que levanté de la nada. Eso es lo que saqué de nuestro «romance». ¿Te extraña que no sea romántica?

–Yo no le dije eso.

–¿Qué le dijiste? Él estaba muy seguro de las cosas cuando se llevó su encargo a otro sitio. Un encargo muy importante, un encargo que me habría proporcionado más encargos. En cambio, me encontré explicando a algunas personas muy perplejas por qué no iba a casarme.

–Y al hacerlo me humillaste –replicó él con una mirada amenazante.

–¡No! ¡Tú me humillaste a mí, Mal! Hiciste que pareciera una mujer tonta e inútil que estaba esperando a un príncipe guapo y rico que la rescatara de su triste existencia. Decías que me amabas por ser lo que era, por mi fuerza e independencia, y luego me dejaste a la altura del betún. ¿Creías sinceramente que iba a dejar la empresa y casarme contigo?

–Creía que confiarías en mí. Habíamos estado un año juntos. Éramos felices.

–Éramos felices hasta que intentaste adueñarte de mi vida. ¿Acaso no le dijiste que cuando estuviésemos casados yo no tendría tiempo para ocuparme de sus fiestas?

Se hizo un silencio cargado de tensión.

–Sí, pero hubo motivos...

–Los dos sabemos qué motivos. Tú tenías que llevar las riendas. Has estado dando órdenes desde que aprendiste a hablar y no has hecho otra cosa. El problema es que yo no sé acatar órdenes. Me gusta ser dueña de mi vida. Pero, ¿por qué estamos teniendo esta conversación? –ella, furiosa porque le escocían los ojos, agarró el picaporte de la puerta del coche, pero él le puso la mano encima– Suéltame, me toca conducir.

–No hemos terminado la conversación.

–Yo, sí.

–Reconozco que lo que pasó con Richard Kingston fue un error por mi parte, pero hubo circunstancias que...

–No hay ni una sola circunstancia que pueda justificar que un hombre comente sus intenciones conyugales con otra persona antes que con la mujer con la que piensa casarse.

Ella notó la calidez de su mano y tuvo que hacer un esfuerzo para apartarla.

–¿Estás llorando?

–No seas ridículo. Se me ha metido arena en los ojos.

–Llevas gafas de sol...

–Pues está claro que no sirven de mucho.

Avery, furiosa y desdichada, abrió la puerta y se montó. Tenía el corazón desbocado, el dominio de sí misma perdido y los sentimientos en carne viva. ¿Por qué habría decidido meterse en eso? Además, en el desierto, en un sitio tan asociado a su relación con Mal que no podía ni mirar una foto sin ponerse triste. Se enamoró en su primera visita a Zubran. Por partida doble. Primero del país y luego del hombre. Los dos se habían entrelazado hasta el punto que no podía imaginarse al uno sin el otro. Sus sentimientos hacia él la habían aterrado y seguían aterrándola. Efectivamente, por eso había estado discutiendo con él desde que se montaron en el coche. La alternativa era que esa peligrosa química se adueñara de todo y no estaba dispuesta.

Avery sujetaba con fuerza el volante mientras conducía y su presencia la abrumaba por mucho que intentara evitarlo. Mal estaba repantingado y miraba hacia delante con los ojos entrecerrados detrás de las gafas de sol. Los dos estaban en silencio, pero ese silencio no aliviaba la tensión. Pasaron dos horas sin que ninguno hablara. Ella se alegró de estar conduciendo, de tener algo en lo que concentrarse que no fuese él. Aunque, naturalmente, no daba resultado porque sentía su presencia en el asiento de al lado por mucho que se concentrara en la carretera. Podía tocarlo, pero tenía vedado tocarlo. Esa sensación fue creciendo hasta que el aire se hizo casi irrespirable, hasta que las ganas de tocarlo fueron casi insoportables y tuvo que agarrar el volante con tantas fuerzas que los nudillos se le pusieron blancos. Por eso quería que él se casara. Solo entonces saldría de su cabeza y de su corazón. No era de las que podían seguir sintiendo algo por un hombre casado. Volvería a llevar una vida normal.

Él acabó hablando después de lo que parecieron muchas horas en silencio.

—Acamparemos junto a aquellas rocas —dijo él en tono neutro—. Deberían protegernos un poco de los elementos.

Ella necesitaba protección de él... ¿o era de sí misma? Ya no lo sabía. Nerviosa y desconcertada, aparcó y se bajó de un salto.

—Tú puedes acampar junto a esa roca y yo lo haré junto a la otra.

Se metería en su tienda de campaña y no volvería a verlo hasta la mañana siguiente.

—Solo hay una tienda, Avery.

—¿Qué? ¿Solo una? ¿Por qué?

—¿Qué importa?

Él parecía especialmente interesado en sus reacciones y ella alejó de su cabeza la imagen de su musculoso cuerpo tumbado junto a ella.

—Bueno, no está muy bien que un hombre duerma con una mujer cuando está prometido a otra. Además, podría matarte dormida...

Si dormía. Algo bastante improbable.

—No pienso dormir contigo —Mal sacó una bolsa del todoterreno—. Solo voy a compartir la tienda de campaña contigo. Ya lo hemos hecho antes.

Cuando eran amantes, tozudos y vehementes y esas discusiones solo habían dado más intensidad a la sintonía sexual entre ellos. Avery lo observó mientras sacaba la tienda y las demás cosas.

—¿Por qué no has traído dos tiendas?

–No esperaba compañía. Tú te empeñaste en venir.
Ya había dicho a todo el mundo que iba a pasar un par
de noches solo en el desierto y no podía pedir otra tienda.

Él se centró en organizar el campamento y ella hizo
un esfuerzo para ayudarlo, aunque eso significaba que
tenía que estar cerca de él. Además, intentó sofocar el
pánico que le daba la idea de compartir ese espacio mínimo con él. Dormirían con las cabezas casi tocándose
y con el cuerpo de él al alcance de la mano. Miró sus
hombros y desvió la mirada inmediatamente. ¿Qué pasaría si tenía una de sus pesadillas e intentaba agárralo?
Decidió que se quedaría despierta hasta que él estuviese
dormido y lo ayudó a instalar la tienda en silencio. Era
desesperante comprobar que era tan competente en eso
como en todo lo demás. Apretó los dientes. No quería
admirarlo cuando iban a pasar la noche muy cerca el
uno del otro. Al menos, no hacía frío. Se quedaría fuera
hasta el último minuto y, con suerte, ya estaría dormido
cuando entrara.

–Me alegra saber que puedes hacer cosas sin empleados.

Ella lo observó mientras encendía una fogata y empezaba a cocinar la cena. Él había puesto una alfombra
en el suelo y ella se había arrodillado para mirar las llamas.

–Entonces, mañana llegaremos al oasis. ¿Qué pasará
si no está allí?

–Creo que estará.

–Podrías haber pedido a tu servicio de seguridad que
lo comprobara.

– Quiero que esto sea lo más discreto posible.

–Para proteger tu vanidad.

–Para proteger a mi novia. Al menos, hasta que de-
cida cómo solucionar esto de la mejor manera.

Él cocinaba con naturalidad. Era cordero con especias hecho a la parrilla y servido con arroz. Como ella quería por todos los medios que aquello fuese menos íntimo, se empeñó en cocinar su parte. Quemó los bordes, pero estaba bueno y lo comió con avidez hasta que lo sorprendió mirándola. Entonces, se quedó sin apetito, como si alguien hubiese apagado un interruptor.

–¿Qué...? Está delicioso.

–No es una exquisitez. Comes en restaurantes de cinco estrellas y llevas a los cocineros más famosos para que den de comer en tus fiestas.

–Es distinto. Eso es mi trabajo. Comer en el desierto, al aire libre, tiene algo especial. Siempre me ha encantado.

Se arrepintió inmediatamente de haberlo dicho porque todo lo que le encantaba del desierto estaba asociado a todo lo que sentía hacia él. Sabía que estaba mirándola y, agradecida por la oscuridad, miró al cielo y eligió un tema inofensivo.

–¿Por qué parece que las estrellas brillan mucho más aquí?

–Hay menos contaminación lumínica –contestó él lacónicamente antes de levantarse, apagar el fuego y señalar hacia la tienda de campaña–. Tenemos que descansar. Quiero salir al amanecer.

Él tampoco quería alargar el tiempo que iban a pasar juntos. Eso debería haber sido un alivio para ella, pero se sintió vacía y aturdida.

–Me parece muy bien.

Todo lo que supusiera que iba a pasar menos tiempo en la tienda con él tenía que estar bien. Limpió su cuenco mientras intentaba no pensar en el primer viaje al desierto que hicieron juntos. Fue al principio de su relación, durante aquellos primeros meses embriagadores en los que les dominaba lo que sentían el uno por el otro. Él organizó un viaje secreto. Decían en broma que él la había secuestrado. Él fue sin servicio de seguridad y ella dejó el teléfono. Fue la primera vez que estuvieron juntos de verdad, lejos de sus disparatadas vidas. Fue la semana más feliz de su vida. Pensar en eso le formaba un nudo en la garganta. Lo miró de soslayo y comprobó que estaba mirándola con intensidad.

–Dilo.

–¿Qué...?

–Di lo que estás pensando.

–¿Lo que estoy pensando? –preguntó ella tragando saliva.

–Estás pensando en aquella semana que pasamos juntos.

Él lo dijo en un tono áspero y ella se quedó sin respiración porque eso era exactamente lo que había estado pensando.

–En realidad, estaba pensando lo desolador que es todo esto.

La expresión de él le indicó claramente que no la había creído, pero no insistió. Se dio la vuelta y la dejó con una sensación de vulnerabilidad que no había sentido en toda su vida. ¿Qué hacía? No hablar de sus sentimientos no quería decir que no existieran. La idea de entrar en esa tienda hizo que se quedara allí. Retrasó todo lo que pudo el momento de tener que meterse en ese espacio pensado para ofrecer intimidad incluso a las personas que querían evitarla. ¿Se habría empeñado en acompañarlo si hubiese sabido cómo iban a tener que dormir? Seguramente, no. El instinto de conservación habría sido mayor que el remordimiento que sentía hacia Kalila. Él iba a casarse con Kalila... No supo cuánto tiempo se quedó allí. La desdicha se hizo más profunda y el cansancio, el enemigo mortal del optimismo, se apoderó de ella.

–Avery... Tienes que entrar en la tienda. Ha oscurecido.

Su voz era grave y sexy. Ella cerró los ojos todo lo que pudo para intentar borrar las imágenes que había creado esa voz.

—No me da miedo la oscuridad.

—No, te da miedo la intimidad, pero la intimidad no está disponible y estás a salvo en la tienda.

—No me da miedo la intimidad.

—Perfecto. Entonces, entra en la tienda antes de que te conviertas en la cena de algún animal del desierto. A no ser que prefieras que vaya y te traiga yo mismo...

Sería la peor posibilidad de todas. No quería que la tocara, pero sabía que cumpliría su amenaza si no se movía. Puso la mano en el suelo para levantarse y notó un pinchazo.

—¡Ay! —apartó la mano y oyó algo que se escabullía—. Mal, me ha picado algo con un cascabel.

Él acudió al instante y la linterna iluminó a un escorpión escondido debajo de la alfombra.

—Es un escorpión, no una serpiente de cascabel. Perfecto.

—¿Perfecto? ¿Qué te parece perfecto? A mí me parece espantoso —Avery se llevó la mano al pecho—. ¿Hay más?

—Seguramente, habrá cientos. Salen por la noche.

—¿Cientos? —ella, aterrada, se abalanzó sobre él—. No me dejes en el suelo.

—Avery...

—Hagas lo que hagas, no me dejes en el suelo. No voy a volver a tocar el suelo.

Se había olvidado de lo fuerte que era. La rodeó protectoramente con los brazos.

—Creía que te gustaba la vida animal del desierto.

—Me gusta la teoría, no tanto la realidad si me pica. Además, Alteza, si os atrevéis a reíros, os mataré. Os lo aviso.

–No estoy riéndome, pero tampoco voy a dejar que lo olvides fácilmente.

–Estoy segura de eso.

Ella apoyó la cabeza en su hombro y se preguntó por qué tenía que oler tan bien.

–Hay que paladear el momento en el que Avery Scott se convirtió en una damisela en apuros.

–Nadie te creerá si lo niego hasta el último aliento, algo que puede estar muy cerca si es verdad que hay cientos de esos bichos por ahí. No estoy en apuros, he perdido la compostura. Te aseguro que es la primera vez en mi vida que me abalanzo sobre un hombre.

–Es un halago. Por curiosidad, ¿vas a bajarte?

–¿Siguen por ahí? –preguntó ella agarrándolo con todas sus fuerzas.

–Sí.

–Entonces, no voy a bajarme. Me amenazaste con llevarme a la tienda. Adelante –le ordenó ella.

–Estás asfixiándome.

–Me da igual.

–Si me muero, caerás al suelo y te devorarán.

–Tienes un sentido del humor con muy poca gracia –le soltó un poco el cuello–. Vamos, Mal, quiero estar en la tienda.

–Las damiselas en apuros no suelen dar órdenes. Además, yo ya estaba en la tienda. Fuiste tú quien prefirió los escorpiones a mí. ¿Estás diciéndome que estás pensándote esa elección?

–No te sientas halagado. Solo quiere decir que eres mejor que un escorpión. ¿Estás riéndote?

–No...

–Mejor. Si estuvieras riéndote, tendría que darte un puñetazo con mi mano sana, la otra me duele. ¿Voy a morirme?

–Las picaduras de los escorpiones no suelen ser mortales.

–Quieres decir que algunas veces sí lo son, ¿no?

–Sí, pero para personas muy jóvenes o con problemas de salud y tú no entras en ninguna de las dos categorías.

–No es muy tranquilizador. Deberías decir claramente que no voy a morirme. ¿Por qué los hombres no saben decir lo adecuado en cada momento?

–Si los hombres dijésemos lo adecuado en cada momento, seríamos mujeres.

Entró en la tienda, la bajó a una colchoneta que se había preparado para él y la soltó delicadamente. Sus rostros quedaron muy juntos. Ella notó su aliento en la mejilla. Si giraba la cabeza, los labios se encontrarían. No hacía falta que se preguntara qué sentiría al besarlo porque lo sabía muy bien... y él también lo sabía. Se miraron a los ojos. Ella captó la pasión y supo que él había captado lo mismo porque la química estaba tan presente y poderosa como siempre. No había besado a un hombre desde que lo besó a él. Era un momento peligroso y le pareció que duraba una eternidad. En realidad, no fueron ni un par de segundos y estaba a punto de apártalo con un empujón cuando él se dio la vuelta con eficiencia y rapidez.

–¿Reaccionas a las picaduras de las avispas?

Solo reaccionaba a él. Tenía la boca tan seca como si se hubiese tragado todo el desierto.

–No lo sé. Nunca me ha picado una.

La atracción entre ellos la había alterado casi tanto como la picadura del escorpión. Se sentía vulnerable y eso era algo que detestaba. La última vez que se sintió así fue cuando rompieron.

–¿Qué sientes?

–La mano me palpita.

Él vaciló, pero acabó levantándole la manga de la camisa para mirársela a la luz. Sus dedos eran fuertes y firmes y ella tuvo que concentrarse para no moverse ni reaccionar. Ni él era de ella ni ella de él. Le miró la cabeza inclinada. Sabía lo que se sentía al pasarle los dedos entre el pelo y al pasarle la boca por la piel, por todo el cuerpo. Él, como si hubiera sentido sus pensamientos, levantó la cabeza. Ella retrocedió ligeramente y con remordimiento aunque solo hubiese mirado. Iba a casarse con Kalila. Que casi no se conociesen no era de su incumbencia, como tampoco lo era que ella se hubiese escapado. Él dijo algo en voz baja mientras le miraba la mano.

—Creo que tengo una linterna ultravioleta ahí fuera.

—¿Para qué sirve?

—Él caparazón de los escorpiones tiene una sustancia que brilla con la luz ultravioleta. Podríamos ver dónde están. Parecen espectros verdosos.

Ella miró hacia otro lado para no ver la mano de él que sujetaba la de ella.

—Es asqueroso. ¿Por qué sabes esas cosas?

—Es mi país. Tengo que saberlo.

—Escorpiones como espectros verdosos... —ella se estremeció—. ¿Por qué vine?

—Porque querías ayudar a Kalila. ¿Te duele mucho?

—No lo sé. Más que un dolor de cabeza y menos que cuando salté de un trampolín y caí de cabeza en el suelo del gimnasio. ¿Te importaría no fruncir el ceño? Eso significa que estás preocupado o que algo es grave. Por cierto, la mano me abrasa. ¿Te parece bien?

—Debería haberte obligado a que entraras en la tienda antes.

—Yo no quería.

—Y los dos sabemos por qué.

La atracción que ninguno de los dos quería volvió a surgir.

—No empecemos otra vez.

–No, pero de ahora en adelante no te separarás de mí por muy incómoda que te sientas. No te muevas. Ahora mismo vuelvo.

–¿Te marchas? –ella lo agarró del brazo sin darse cuenta–. ¿Adónde vas?

Lo soltó al darse cuenta de lo que había hecho. ¿Qué le pasaba? Estaba sufriendo una transformación completa de la personalidad.

–Voy al coche por hielo –apoyó una mano en su hombro–. No te pasará nada, *habibti*.

Habibti...Se quedó petrificada porque la última vez que la llamó eso estaban juntos en la cama, desnudos, con las piernas entrelazadas, besándose con voracidad... Él debió de recordar lo mismo porque se le oscurecieron los ojos, la miró a la boca y volvió a mirarla a los ojos. Esa mirada resumió todo su pasado. Ella apartó la mirada primero.

–Claro, no me pasará nada. Es que...

Se había aferrado a él como una mujer desesperada. Ella, que nunca se había aferrado a nadie ni a nada en toda su vida. No quería ni pensar lo que supondría eso para su vanidad masculina y menos lo que significaría para la reputación de ella. Abochornada, se apartó todo lo que pudo.

–Trae hielo y trae también una botella de champán. Además, dile a los escorpiones que se busquen otra cena porque yo ya no estoy en el menú.

–¿Seguro que no te importa? Hace un minuto estabas aferrada a mí.

–¿Aferrada? –su intento de reírse despreocupadamente no fue convincente del todo–. Solo intentaba que no me picara otro escorpión. Prefiero que te piquen a ti.

–Gracias.

–Si hubiese habido una roca a mano, me habría subido a ella. No te lo tomes como algo personal. Vete por el hielo, tengo sed.

Era la primera vez que la veía bajar la guardia aunque fuese por un instante. Él también había bajado la guardia y la había llamado *habibti*. Esa palabra había cambiado el ambiente. No sabía si sentirse divertido u ofendido porque lo considerara una amenaza mayor que un escorpión. Aliviado, decidió mientras se acordaba de cómo se sintió cuando ella le rodeó el cuello con los brazos. Abrió la puerta y sacó el hielo y el botiquín de primeros auxilios que llevaba a todas partes mientras intentaba no pensar en lo que sintió al tenerla en brazos. Era esbelta, tenía las piernas largas y... había adelgazado. ¿Sería por él? No. Eso habría significado que lo quería y él sabía que no era así. Se quedó oyendo los sonidos del desierto y los fastidiosos ecos de sus pensamientos. Soltó un improperio y cerró dando un portazo.

Ella estaba sentada dentro de la tienda. Parecía alterada y un poco pálida, pero no pudo saber si era por la picadura del escorpión o por haber estado tan cerca de él. Intentó concentrarse solo en la picadura y apretó el hielo contra su mano. Ella se sobrecogió.

—Solo tú puedes conseguir hielo en el desierto.

—Tengo un congelador en el todoterreno.

En ese momento estaba pensando cómo meterse en él. Tenía que enfriarse como fuera.

—Naturalmente. Un príncipe no puede vivir sin ciertos lujos ni en este sitio tan inhóspito.

—Supongo que debería sentirme aliviado de que estés tan bien que puedes insultarme.

—La verdad es que no necesito hielo. Sois fogoso, Alteza, pero tampoco es para tanto.

Sin embargo, tenía las mejillas sonrojadas a pesar del tono burlón. ¿Sería por la picadura?

–¿Cómo te sientes?

Entonces se dio cuenta de lo grave que podía ser. Estaban muy lejos de la civilización. Aunque llamaran a un helicóptero, tardaría una hora en llegar. Intentó convencerse de que era una mujer sana y que no corría ningún peligro, pero, aun así, se puso nervioso porque sabía que la picadura de un escorpión podía ser mortal para algunas personas.

–No tengo antídoto.

–Bueno, mejor así porque no iba a dejar que me clavaras una aguja para inyectarme más veneno –ella volvió a sobrecogerse cuando él movió el hielo–. Está helado. ¿Quieres que me congele?

–Intento que no se extienda el veneno. ¿Te duele?

–No, en absoluto. Ni siquiera lo siento.

Era evidente que estaba mintiendo y la miró con el ceño fruncido.

–Eres la mujer más desesperante y desquiciante que he conocido.

–Gracias –replicó ella con una sonrisa.

–¿Qué te hace pensar que era un halago?

–Me lo tomo todo como un halago salvo que me digan lo contrario. ¿Voy a morirme?

–No –él, disimulando la preocupación, le puso la mano en la frente–. Tenemos que desvestirte.

–Eres un pervertido, ¿lo sabías?

–No se trata de una seducción, son primeros auxilios.

Además, ni siquiera se atrevía a pensar en una seducción. Empezó a desvestirla con manos firmes y ella intentó levemente evitarlo.

–No puedes verme desnuda...

–Te he visto desnuda muchas veces.

Demasiadas. Era la mujer más impresionante que había visto.

—Eso era distinto. No ibas a casarte con otra mujer. No me desnudo delante de un hombre que está casi casado.

Ella agarró el saco de dormir y se tapó, pero él consiguió vislumbrar un poco de su piel blanca y arrebatadora. Algo que puso a prueba su dominio de sí mismo como no lo había hecho nada jamás. Tuvo que hacer un esfuerzo para concentrarse en lo que estaba haciendo.

—Tengo que bajarte la temperatura y tú tienes que dejar de taparte con el saco de dormir porque estás subiéndola —él mojó un paño con agua fría y se lo puso en la frente—. Las mujeres suelen tener una reacción más intensa por su masa corporal.

—¿Estás llamándome gorda? —preguntó ella con un brillo amenazante en los ojos.

—¿He dicho la palabra «gorda»?

—Has dicho «masa». No uses la palabra «masa» en relación con mi cuerpo.

—¿Aunque diga que es porque tienes poca masa corporal? No hables. Tienes que descansar.

—No puedo descansar contigo tan cerca.

Él se pasó la mano por la frente. Estaba agotado de tener que dominarse. Afortunadamente, los dos tenían demasiados principios para dejarse llevar.

—Estoy observándote para ver si hay alguna reacción.

—Pues deja de observarme —Avery se puso de costado, pero dejó escapar un gemido—. ¿Hasta cuándo voy a sentirme así, Mal?

—¿Te sientes mal?

—No, me siento de maravilla. Solo quiero saber cuánto tiempo voy a sentirme tan bien para aprovecharlo al máximo. ¿Cuánto?

–Unas horas, *habibti*. A lo mejor, un poco más.

Él vaciló un instante, pero le apartó el pelo de la cara. Aunque se dijo que era para consolarla.

–Fui una estúpida. Tienes que estar furioso conmigo. Entre otras cosas...

–No estoy furioso.

–Entonces, pon un poco más de empeño. Que estuvieras furioso facilitaría las cosas.

Mal esbozó una sonrisa escéptica porque, en ese momento, nada facilitaría las cosas. Le tomó la muñeca.

–Tienes el pulso acelerado.

–No tiene nada que ver contigo, no te hagas ilusiones. Los escorpiones me alteran.

–Es el veneno. Tienes que decirme cómo te sientes. Llamaré a un helicóptero si hace falta.

–Ni hablar. Tenemos que encontrar a tu novia virgen.

Mal soltó un improperio en voz baja y buscó una venda en el botiquín.

–¡Deja de llamarla así!

–Perdona –ella se giró un poco y lo miró–. ¿Sigues enfadado?

–No, pero estoy enfadándome.

–El escorpión también estará enfadado –ella sonrió–. Le di un buen sopapo. Era espantoso.

–Tienen un papel esencial en el ecosistema. Se alimentan de otros artrópodos e, incluso, de ratones y serpientes.

–Demasiada información.

–Pueden controlar la cantidad de veneno que inoculan. Creo que a ti fue poco.

–¿Eso quiere decir que le caí bien o mal? ¿Qué haces...?

–Estoy vendándote la picadura y levantándote el brazo. Quiero que el veneno se extienda lentamente. Si no da resultado, tendré que pedir un helicóptero.

–¿Podríamos dejar de llamarlo veneno? Sinceramente, Mal, no estoy tan bien. ¿Podemos dejar el hielo?
Está frío.

–De eso se trata.

–¿A los escorpiones no les gusta la comida conge-
lada?

Ella, sin embargo, estaba ardiendo, el brazo le abrasaba.

–¿Alguna vez has tenido una reacción alérgica?

–No. Estoy como un roble.

Mal sintió un arrebato de desesperación por no haberlo evitado.

–¿Por qué no volviste a la tienda antes?

–Porque, entonces, nos habríamos matado el uno al
otro –contestó ella desenfadadamente aunque con una
sonrisa vacilante–. Perdona. Ahora estoy disculpán-
dome sinceramente.

–¿Por qué? ¿Porque te burlas de mí? No es ninguna
novedad y nunca te has disculpado.

–Por embrollarlo todo. Por complicarte las cosas. No
debería haber venido. Estaba preocupada por Kalila y
creía que podía ayudar, pero no he ayudado y todo ha
sido culpa mía.

La disculpa fue tan delicada como inesperada y él
sintió que algo se le encogía en el pecho.

–Me conmueve que quisieras venir y podrás ganarte
la confianza de Kalila, algo importante dado que yo he
fracasado estrepitosamente.

Eso se lo reprochaba a sí mismo. Se reprochaba ser
inabordable y dar por supuesto que como su novia no
había dicho nada, eso significaba que todo le parecía
bien. No habían tenido una relación y era imposible
comparar eso con los sentimientos que habían tenido
Avery y él.

–Formaréis una pareja perfecta y seréis muy felices.

No estoy siendo sarcástica. Es muy dulce y no te desquiciará. Eso siempre es una ventaja en el matrimonio.

Ella lo dijo con un hilo de voz y cuando giró la cabeza, la melena le cayó sobre los hombros como una masa sedosa. Él tuvo que hacer un esfuerzo para no introducir las manos entre el pelo. En otros tiempos, tuvo el derecho a hacerlo y lo hizo siempre que pudo. Había sido la relación más física de su vida.

–En estos momentos, no estoy pensando en Kalila.

–No, Mal, no lo hagas... –le pidió ella con la voz apagada.

¿Era el momento de ser sincero? Dudó por el conflicto entre el deber y sus deseos. Además, sinceramente, solo complicaría más las cosas.

–Este matrimonio con Kalila...

–Saldrá muy bien. Si ella está pensándoselo, es porque no has puesto suficiente interés. Puedes ser encantador cuando quieres. Naturalmente, el resto del tiempo eres hiriente y arrogante, pero si no le enseñas esa parte de ti durante un tiempo, todo saldrá bien.

Tenía los ojos cerrados, con las pestañas, largas y tupidas, que contrastaban con la piel blanca. Mal la miró y no pudo recordar una sola vez en la que la hubiese visto vulnerable. Sin embargo, esa noche estaba vulnerable. Quería abrazarla, pero no se atrevía porque quizá no la soltara.

–Dime por qué evitaste mis llamadas.

Él, todavía preocupado por la picadura, le apretó el vendaje.

–Estaba ocupadísima.

–Eres la mujer más eficiente que conozco. Si hubieses querido contestar mis llamadas, las habrías contestado. Cuando rompimos, creí que seguiríamos siendo amigos.

Él debería estar pensando en su novia, pero solo podía pensar en la relación que había perdido.

–Estoy demasiado ocupada para tener amigos. En cuanto al escorpión, solo me picó una vez. ¿Debería sentirme ofendida? ¿Significa eso que no le gustó mi sabor?

Ella siempre cambiaba de conversación y él no quería pensar en su sabor.

–Te daré un par de pastillas para que descanses –replicó él con la voz áspera por la impotencia.

–No tomo pastillas, no tomo fármacos.

–Tomarás estas y si la erupción del brazo no ha remitido dentro de una hora o así, llamaré para que te saquen de aquí.

Quizá eso fuese lo mejor para los dos. Rebuscó en su bolsa, sacó las pastillas, le dio un par con un poco de agua y sintió cierto alivio cuando ella se las tragó sin rechistar, aunque también sintió cierta preocupación porque era muy impropio de ella que no discutiera.

–Si te sientes mal, puedo pedir el helicóptero ahora mismo.

–No –ella volvió a cerrar los ojos–. Quiero quedarme, tengo que estar contigo.

Mal sintió una opresión en el pecho. ¿Cuántas veces había esperado que ella dijese esas palabras? Las había dicho en ese momento, cuando la vida de él había tomado un rumbo distinto. ¿Por eso habría elegido ese momento? ¿Lo había elegido porque sabía que él no podía dejarse llevar por las emociones que brotaban entre ellos? Tenía que estar con él... Dicho por otra mujer, le habría parecido agobiante, pero le parecía una victoria dicho por Avery.

–¿Tienes que estar conmigo? ¿Me lo dices ahora?

–Sí –contestó ella con una voz casi inaudible–. Tengo que estar cuando encuentres a Kalila. Tengo que convencerla para que se case contigo. Es lo mejor para todos.

Capítulo 5

SOÑABA con el desierto, pero esa vez el príncipe la abrazaba y no le dejaba que se marchara. Estaba atrapada. Forcejeó un poco, pero la agarraba con mucha fuerza.

—Shh... Solo es un sueño. Duérmete otra vez.

La voz grave hizo que se despertara a medias y se dio cuenta de que Mal estaba abrazándola. Todavía estaba oscuro y no supo qué la asustó más, si que se sintiera fatal o lo que sentía porque él estaba abrazándola. Tenía la cabeza en su pecho y podía oír los latidos de su corazón. Sabía que debería apartarse, pero no lo hizo. Había pensado dormir en el rincón más alejado de la tienda, pero allí estaba él abrazándola. Se sentía demasiado a gusto. Notaba el roce de sus piernas y la calidez de su cuerpo. La luz de la linterna aumentaba la sensación de intimidad.

—Mal, por el amor de Dios, aléjate, estás en mi espacio.

—Estoy preocupado por ti.

A ella se le encogió el corazón porque nadie se había preocupado por ella en toda su vida.

—No te preocupes. No me gusta la idea de que estés esperando a que me quede muerta y, además, no hace ninguna falta que me abraces.

—Eres tú quien está abrazándome. Lo hiciste dormida porque eres incapaz de aceptar ayuda cuando estás despierta.

–Eso es porque no necesito ayuda cuando estoy despierta.

–Ya... Supongo que anoche tampoco necesitaste ayuda cuando te encaramaste a mí.

–Eso fue distinto. Los escorpiones estaban invadiéndonos y, si no te importa, me gustaría olvidarme de anoche.

Quería olvidarlo todo. Sobre todo, ese momento. Se preguntaba por qué seguía abrazándola cuando lo seguro y sensato sería soltarla.

–¿Desde cuándo tienes pesadillas?

–No tengo pesadillas.

–Tuviste una y por eso te agarraste a mí.

El bochorno se adueñó de ella como un líquido abrasador.

–Si tuve una pesadilla fue por el veneno del escorpión.

Ella intentó apartarse, pero él era mucho más fuerte y la sujetó.

–No hablabas de escorpiones en el sueño...

¿Había hablado dormida? ¿Podían empeorar las cosas? Quería preguntarle si había dicho su nombre, pero no quería oír la respuesta y no podía concentrarse mientras la abrazaba.

–Eso también es por el veneno del escorpión...

Tenía la mejilla apoyada en su pecho y podía notar la musculatura a través de su camiseta.

–Compruébalo en Wikipedia. Estoy segura de que dice algo sobre las pesadillas. Además, ya estoy despierta y puedes soltarme.

Él no la soltó.

–Duérmete otra vez.

¿Esperaba que se durmiera cuando estaba abrazándola? Podría haberse separado, naturalmente, pero no lo hizo, no podía. Así era como quería dormir, abrazados. No quería separarse ni dormida. Además, lo había anhelado muchísimo durante los interminables meses de la separación. Esa era la última vez que se abrazarían y no quería que terminara. Le escocieron los ojos sin darse cuenta.

—No necesito que te preocupes tanto por mí.

—Nunca necesitas nada, ¿verdad, Avery Scott?

Él lo preguntó con delicadeza y ella apretó los ojos para que no le cayeran las lágrimas. No podía creerse que estuviera llorando. Podía imaginarse lo que diría su madre...

—Algunas veces finjo que necesito a alguien para halagar una vanidad masculina.

—No creo que hayas halagado la vanidad de un hombre en tu vida. Si acaso, la habrás apuñalado.

Ella sonrió porque sabía que él no podía verla.

—Tienes suerte de que la tuya sea tan sólida.

—¿Estás sonriendo?

—No. ¿Por qué iba a sonreír? Me ha picado un escorpión.

Sin embargo, el dolor de la mano no podía compararse con el dolor del corazón y él debía de haber notado algo porque le acarició el pelo. Fue un ligero roce de los dedos, pero bastó para que se pusiera tensa. Él también debió de notarlo, porque se quedó quieto.

—Duérmete otra vez, Avery. Además, por una vez, no me lleves la contraria. No hace falta que una mujer lleve las riendas el cien por cien del tiempo.

Su voz delicada la derritió por dentro. Cuando se separaron, estuvo a punto de destrozarla. Haber estado con él fue una amenaza para todo lo que había levantado. Debería apartarse, pero quería apoyar la cabeza en su cuello, recorrerle la piel con los labios y emplear la lengua para enloquecerlo. Se imaginó a Kalila y se apartó. Esa vez, él la soltó.

–Sigo llevando las riendas –susurró ella–. Te he dejado que me abraces porque estimula tu vanidad masculina.

–Eres todo corazón.

Ella se puso de costado, le dio la espalda y pensó, con tristeza, que eso era verdad. En ese momento, el corazón era la única parte del cuerpo que sentía y estaba lleno a rebosar de sentimientos hacia él. Incluso de espaldas, podía notar que estaba mirándola. Apretó los ojos y se negó a darse la vuelta para mirarlo. Se preparó para pasar la noche en vela.

Estaba sola en la tienda cuando se despertó. Oyó ruidos en el exterior. Mal, se había levantado y estaba desmontando el campamento. Ella se quedó un momento mirando la tela y recordando la noche anterior hasta el último detalle. Dejó escapar un ligero improperio y se sentó. La picadura había remitido y solo era una pequeña mancha roja. Ojalá los demás sentimientos se desvanecieran tan fácilmente. No quería pensar en su abrazo y menos quería pensar en lo que habría podido decir dormida. Agarró la bolsa, se lavó la cara con una de las toallitas que llevaba siempre, se puso protección solar, se maquilló levísimamente y se recogió el pelo en una coleta. Luego, sacó una camisa limpia de la bolsa y se cambió. Esa era la parte fácil, la difícil era salir de la tienda, encontrarse con él después de lo que había pasado esa noche.

–Café...

Mal le dio una taza con un café muy fuerte y ella la tomó y le dio las gracias sin mirarlo.

–¿Ya estás preparado para que nos marchemos?

–Cuando tú quieras. ¿Qué tal te sientes?

–¡Muy bien! ¡Como nunca!

Nunca había estado tan abochornada y no sabía si fingir que no había pasado nada o hablarlo.

–Veamos.

Él le tomó la mano y Avery tuvo que hacer un esfuerzo para no retirarla.

–Se ha calmado –algo que ella no podía decir de su pulso–. ¿Qué tal está el escorpión esta mañana? ¿Contento?

Él esbozó una sonrisa.

–Descontento, más bien. Solo pudo picarte una vez. Estoy seguro de que no fue suficiente.

Ella lo miró a los ojos y volvió a desviar la mirada.

–Pues es todo lo que va a conseguir –ella retiró la mano y se terminó el café–. Desmontaré la tienda.

–No. Tienes que descansar la mano. Yo lo haré.

Él se alejó y ella tomó aliento. Se sentía muy rara y no sabía si era por la picadura o por haber pasado la noche tan cerca de él, que desmontó la tienda y recogió todo en un tiempo récord mientras ella miraba al suelo buscando más escorpiones y sin saber si decir algo.

–Escucha...

Lo observó meter la tienda en el maletero y se quedó fascinada por los músculos de su espalda.

–En cuanto a anoche...

–¿Qué parte de anoche? –preguntó él.

–Cuando yo... –ella se aclaró la garganta–. Cuando yo no fui yo misma.

–¿Cuando te aferraste a mí o cuando me suplicaste que no te soltara?

–Ni te supliqué ni me aferré.

Ella tiró los posos del café al suelo.

–Me necesitaste, pero puedo entender que te cueste reconocer que has necesitado a alguien.

Ella no pudo entender su tono porque eso ya no tenía ninguna importancia en su relación.

–No te necesité, pero si así te quedas contento, me parece muy bien. Me gustaría no haber dicho nada. ¿Cuánto tardaremos en encontrar a tu novia?

Cuanto antes, mejor. De repente, deseó que su conciencia no la hubiera metido en ese viaje. Daba igual lo que le hubiese dicho a Kalila, si ella había decidido adentrarse en el desierto, era asunto suyo, ¿no? Nada compensaba ese estrés innecesario.

–Está como a dos horas en coche.

Mal terminó de meter todo en el coche y se montó en el asiento del conductor.

Dentro de dos horas encontraría a su novia, aclararían las cosas y Mal se casaría con ella. Todo lo que habían vivido juntos era parte de un pasado que él quería olvidar. Se encontrarían de vez en cuando en algunas fiestas, serían amables y educados y el dolor acabaría disipándose. Se pasó una mano por el pecho.

Él captó el gesto y frunció ligeramente el ceño, pero Avery no hizo caso de su expresión y se montó en el asiento del acompañante. Esa vez, no discutieron, hicieron el viaje en silencio, pero no notó la diferencia. Su presencia la abrumaba, estaba pendiente de cada movimiento, de la tensión de su muslo o de la fuerza de sus manos al sujetar el volante. El ambiente estaba tan cargado de tensión que cuando llegaron al campamento, ella fue la primera en bajarse. Quería y tenía que zanjar ese asunto.

–Quédate aquí. Haré algunas preguntas para saber dónde está. Llamarías demasiado la atención.

Ella, sin esperar una respuesta, fue hacia la tienda de campaña con el cartel de «recepción», pero, antes de llegar, vio una chica con la cabeza agachada que entraba apresuradamente en una tienda en el extremo opuesto del campamento. ¿Era Kalila? Sí, estaba segura de que era ella y se dirigió hacia la tienda donde se había metido la chica.

–¿La has visto? –le preguntó Mal, que estaba justo detrás de ella.

–No lo sé –contestó ella con el ceño fruncido–. Creo que sí, pero, seguramente, no querrá verte o se habría dirigido hacia ti. Creo que deberías esperar en el coche.

–¿Tanto miedo doy?

Sus ojos negros resplandecieron y, por un instante, notó esa sintonía poderosa e inquietante. Sí, daba miedo. Estuvo a punto de perderlo todo por él.

–No sé lo que piensa de ti y no lo descubriré si te quedas ahí con el ceño fruncido. Date un paseo por el desierto.

Avery entró en la tienda de campaña y se encontró a Kalila abrazada a un hombre que no era su supuesto novio. Intentó asimilar que había brotado otra relación ardiente. A pesar de su escepticismo inalterable, se quedó atónita. Ese era el único supuesto que no se había planteado... o, quizá, no había querido plantearse la posibilidad de que el matrimonio no se celebrase. Tenía que celebrarse. Sintió el pánico que se adueñaba de ella, pero no supo si era por Kalila o por ella misma. Si Mal no lo viera... si pudiera hablar con Kalila... Intentó retroceder antes de que la pareja la viera y se topó con Mal, quien estaba detrás de ella.

–No es ella, me he equivocado.

Él no se movió, su atractivo rostro contemplaba, inexpresivo, la escena que tenía delante. Era casi imposible adivinar lo que sentía y a ella se le encogió el corazón. No había deseado especialmente un final feliz, pero que ese final llegara antes que el principio era muy doloroso. Él había querido que ese matrimonio saliera bien fuera por el motivo que fuese. Quiso taparse los ojos y apartarlo, atrapar las ilusiones de él con sus manos antes de que se hicieran añicos contra el suelo, pero ya era demasiado tarde. Su dominio de sí mismo la sorprendió. No tuvo un arrebato de furia. Se quedó con las piernas separadas y miró en silencio. Todo él transmitía poder y se quedó sin aliento. Casi siempre lo había considerado primero un hombre y luego un príncipe, pero, en ese momento, era el príncipe. A Kalila, evidentemente, le pareció lo mismo porque en cuanto lo vio, se separó de su amante tan deprisa que casi se cayó.

–¡No...!

Mal entró en la tienda con la mirada clavada en el hombre que había besado a Kalila.

–¿Quién eres?

–¡No! ¡No permitiré que lo toquéis!

Kalila se plantó delante de su amante, ¿sería su amante?, y Avery se preparó para lo peor. Habría una batalla por la superioridad masculina. Contuvo el aliento y esperó que se enfrentara a Mal, pero él se quedó detrás de la princesa y, de repente, se postró.

–Alteza...

Avery arqueó las cejas porque había esperado puños y no adulación. Asombrada, miró a Mal y sus miradas se encontraron fugazmente. Sofocó unas ganas absurdas de reírse y se dio cuenta de que la situación no tenía ninguna gracia. Mal quería que ese matrimonio se celebrase como fuese. Estaba segura de que lucharía por Kalila.

–Levántate.

Mal se lo ordenó entre dientes y el hombre se levantó, se tambaleó y se quedó detrás de Kalila con la cabeza agachada. Avery no podía creérselo. ¿Qué mujer preferiría a ese cobarde antes que a Mal? No quería que se pelearan, pero, al menos, debería haber mirado a los ojos a su adversario. ¿Dónde estaban la fuerza y el valor? Al parecer, en ningún lado porque ese hombre, rojo como un tomate, seguía mirando al suelo mientras Kalila lo miraba con arrobo. Al final, fue Kalila quien se enfrentó al hombre con quien iba a casarse en teoría.

–No permitiré que le pongáis la mano encima.

–No tengo intención de hacerlo, pero creo que, dada la situación, lo correcto sería presentarnos.

–Es Karim –dijo Kalila aterrada–. Es mi guardaespaldas.

–¿Qué...? –Avery miró al hombre acobardado–. ¿Tu guardaespaldas? Pero... –ella captó la mirada de Mal y no siguió la frase–. Lo siento. No voy a decir nada.

Mal tomó aliento y volvió a fijarse en la pareja que tenía delante.

–Al parecer, tu guardaespaldas está atribuyéndose responsabilidades muy considerables. Supongo que te abrazaba así para protegerte de las balas que silbaban por todos lados...

Su sarcasmo hiriente hizo que el otro hombre lo mirara con los ojos entrecerrados, pero no dijo nada. Kalila era la que hablaba, aunque estaba tan colorada como el hombre que tenía detrás.

–¿Qué... qué hacéis aquí, Alteza?

–Estaba buscando a mi novia –contestó Mal sin inmutarse–. Sin embargo, he descubierto por qué se escapó. Al parecer, he encontrado la respuesta.

Avery lo miró fijamente. ¿No iba a decir nada más? Kalila pareció tan sorprendida como ella.

–Alteza, puedo explicaros...

–Puedes llamarme Mal. Creo que te lo he dicho más de una vez. Además, la situación no exige más explicaciones.

¿Por qué no iba a luchar? Avery se preguntó si le había pasado algo en el cerebro. Kalila seguía agarrando la mano de su guardaespaldas y ella se imaginó que era para que no saliera corriendo.

–No puedo creerme que hayáis venido a buscarme. ¿Por qué lo habéis hecho?

–Porque es un hombre recto y estaba preocupado por

ti –intervino Avery antes de volver a captar la mirada de Mal–. De acuerdo... Es que no dices nada y es muy difícil quedarse en silencio...

–Inténtalo –le pidió Mal con delicadeza.

Avery apretó los dientes y, sin darse cuenta, se acercó tanto a él que podía tocarlo con solo alargar la mano. Quería tocarlo con todas sus ganas.

–Hemos venido a buscarte porque, naturalmente, estábamos preocupados de que te hubiese pasado algo, pero puedo comprobar que estás bien.

Mal estaba tan sereno que Avery tuvo que hacer un esfuerzo para no darle un pellizco para comprobar si estaba vivo. Debería estar subiéndose por las paredes por los celos... Quizá estuviese conmocionado. Sí, tenía que estar conmocionado. Sin embargo, si no tenía cuidado, se pasaría el momento de actuar. Si él no podía actuar, lo haría ella.

–Lo que Mal intenta decirte es que...

–No puedo casarme con vos, Alteza –lo interrumpió Kalila–. Es demasiado tarde.

–¡No es demasiado tarde! –exclamó Avery con los ojos cerrados–. Sinceramente, no deberías tomar una decisión precipitada, Kalila. Necesitas un poco de tiempo para pensarlo. Cuando lo hayáis hablado, cambiarás de opinión porque Mal es un partido fantástico para cualquier mujer y eres muy afortunada.

–Esto no tiene nada que ver con Su Alteza –Kalila evitó la mirada de Mal–. No quiero ser la esposa del sultán. No serviría. Soy una persona tímida y nada interesante.

Avery miró a Mal y esperó que la contradijera, pero, como no lo hizo, replicó ella.

–Eso no es verdad. Que seas tímida no quiere decir que no seas interesante.

–No sabes lo que me cuesta estar en una multitud y,

además, el príncipe no quiere casarse con una mujer muda. Se impacienta mucho cuando no hablo.

–¡No es verdad! –Avery dio un codazo a Mal para que dijera algo, pero él permaneció en silencio–. Mal te ama tal como eres.

–No me...no me ama... –balbució Kalila–. Te ama a ti.

Se hizo un silencio sepulcral. Avery se sintió como si estuvieran asfixiándola. Se llevó la mano al cuello, pero no encontró nada, aunque le costaba respirar.

–No es verdad. Te ama a ti. ¡Te ha pedido que te cases con él!

–Te lo pidió a ti antes.

–No, no lo hizo en realidad –replicó Avery entre dientes–. No sé qué habrás oído, pero eso fue un malentendido monumental. No sabes lo que pasó.

¿Por qué no decía nada Mal? ¿Por qué no le decía la verdad?

–Sí sé lo que pasó. Estaba allí. Oí lo que dijo. Oí la discusión con ese hombre espantoso que dirige la empresa petrolera y que se cree irresistible...

–¿Richard? –preguntó Avery con el ceño fruncido y sin salir de su asombro.

–Sí. Le dijo a Mal que estabas organizando su fiesta y que te poseería como una bonificación. Mal se puso tan furioso que le dio un puñetazo. Cuando lo levantó del suelo, le dijo que iba a casarse contigo y que no podrías organizarle ninguna fiesta más, ni personal ni de ningún tipo.

Avery se dio cuenta de que estaba boquiabierta. Se dio la vuelta lentamente para mirar a Mal con la esperanza de que él lo negara, pero no dijo nada. Aparte de un leve rubor, no reaccionó.

El desconcierto se adueñó de ella. Sabía que no la había amado, que le había pedido la mano a Kalila a las pocas semanas de romper.

–Lo entendiste mal.

–Estaba allí –insistió Kalila sin inmutarse–. Lo entendí muy bien. Es la única vez que alguien ha visto que Mal perdía los nervios.

–Bueno, Richard puede ser muy exasperante. Yo también he perdido los nervios con él un millón de veces. Evidentemente, intentó desquiciar a Mal y lo consiguió. Por eso dijo lo del matrimonio... Eso no tiene nada que ver con lo que está pasando aquí. Claro que quiere casarse contigo. Llevamos dos días buscándote por el desierto.

–Juntos –añadió Kalila mirándola fijamente.

–No juntos como... –Avery se sonrojó al acordarse de la noche en la tienda de campaña–. Surgió así.

–Acudió a ti con el problema porque te ama y confía en ti.

–¡Acudió a mí porque creía que yo podía saber dónde estabas! Eso no significa que me ame. ¡No me ama! Sería una esposa del sultán espantosa. Es más, sería una esposa espantosa, punto. No tengo ninguna de las virtudes necesarias, en concreto, no tengo la fundamental, el deseo de casarme –replicó Avery tartamudeando por el empeño de Kalila en que Mal la amaba–. Solo somos amigos. La mayoría de las veces, ni eso.

Mal siguió en silencio. ¿Podía saberse por qué no hablaba y Kalila no callaba?

–Eres la única mujer que ha amado alguna vez. Iba a casarse conmigo por motivos políticos, porque nuestras familias lo habían acordado.

–Los motivos políticos son tan buenos para casarse como cualquier otro. Conozco muchos matrimonios que van de maravilla y han empezado con mucho menos...

–Avery... –Mal habló con delicadeza, pero no la miró–... ya has dicho bastante.

–¿Bastante? Casi ni he empezado. Además, ¡tú no dices nada! Sinceramente, vosotros dos necesitáis un poco de...

Él levantó ligeramente la mano y ella se calló. También se preguntó cómo era posible que la callara con un gesto tan sutil que pasó desapercibido para los demás.

–No os preocupéis por mí –Kalila se mordió el labio inferior–. No me importa que no me améis, Alteza. Yo tampoco os amo. Es sintomático que nos hayamos conocido desde hace años y casi no hayamos hablado. Para ser sincera...

–No seas sincera –la interrumpió Avery antes de que dijera algo que no debía decir–. La sinceridad es una virtud sobrevalorada en ciertas circunstancias y esta es una.

–Tengo que decir lo que siento –insistió Kalila levantando la barbilla.

–Entonces, adelante, pero no estás mostrando ninguna de las características propias de la timidez. A mí me estás pareciendo una gran captadora de público. Aunque el problema sería conseguir que alguien interviniera.

–Mal es impresionante, claro –siguió Kalila sin hacer caso a Avery–, pero también intimida.

–Es un príncipe y tiene que hacer eso para que no se aprovechen de él, pero bajo ese aspecto ceñudo es afable y cariñoso... –Avery vio que él arqueaba una ceja y se aclaró la garganta–. Bueno, quizá no sea afable precisamente, pero es íntegro. Con principios y bueno y...

–Basta. Vamos a hablar de esto ahora y nunca más se hablará del asunto.

Mal tomó las riendas por fin y Avery se relajó un poco. Mal tenía la mirada clavada en su novia.

–¿No quieres casarte con un hombre que será sultán?

Avery resopló. ¿Qué estaba haciendo? Eso no iba a

convencer a Kalila. Kalila, como si quisiera confirmarlo, negó vehementemente con la cabeza.

–No, no serviría. Sobre todo, en todas esas recepciones y fiestas que celebráis –ella se estremeció–. Se vería lo peor de mí.

Avery dejó a Mal a un lado e intervino otra vez.

–¿Eso te lo ha dicho tu padre? Sinceramente, es una sandez. Tienes una personalidad encantadora. ¡Deja de rebajarte! Tienes mucha conversación y, además, lo único que tienes que conseguir en esas recepciones es que los demás hablen de sí mismos. Es lo que hago en mis fiestas. El problema está en que la gente deje de hablar de sí misma, no en que empiece.

–Yo no soy como tú.

–¡Lo sé! ¡Por eso eres perfecta para Mal! –exclamó Avery con una sonrisa–. Supe que formabais una pareja ideal en cuanto os vi juntos.

La mirada de pasmo de Kalila le indicó que quizá hubiera exagerado el entusiasmo.

–No hay una personalidad adecuada para ser la esposa de un sultán. Serás amable y accesible.

–Pero no lo soportaré, temeré cada instante –replicó Kalila.

–Será más fácil con el paso del tiempo. Hay algunas chicas que trabajan conmigo que eran muy tímidas al principio y ahora no puedo callarlas. Vas a hacerlo muy bien, Kalila. Me habría gustado que lo hubieses hablado con alguien antes de salir corriendo.

–¡Hablé contigo! Fuiste mi inspiradora.

–¿Yo...? –preguntó Avery sonrojándose y recordando que Mal le había dicho algo parecido.

–Tú me dijiste que me enfrentara a mis miedos y eso es lo que hice. Te estoy muy agradecida.

–Hablaba metafóricamente. No quería decir que te fueras al desierto porque te daba miedo.

–Ese no era el miedo al que me enfrentaba –Kalila levantó la barbilla con una tozudez asombrosa–. El miedo al que me enfrento es mi padre. Él me dominó toda mi vida con el miedo. Nunca pude hacer lo que quería. Ni siquiera puedo expresar mis opiniones.

–Tu padre no sabe todavía que te has marchado. No te has enfrentado a él, lo has evitado.

–Me he enfrentado al miedo que me da. Por primera vez en mi vida, he hecho algo que sabía que no le gustaría. Sé que tendrá consecuencias y estoy dispuesta a aceptarlas. Sabía que si me escapaba, no me lo perdonaría jamás. No volverá a recibirme bajo su mismo techo, ya no seré su hija... y eso es lo que quiero.

–Entonces, perfecto porque pronto puedes ser la esposa de Mal. Eso no significa que no puedas casarte con el príncipe. Estoy segura de que hay alguna solución que sea buena para todos y...

Avery no siguió porque vio la mirada de incredulidad de Kalila y cayó en la cuenta de que estaba siendo absurda. Esa chica, aparte de que había dicho que no quería ser la esposa del sultán por nada del mundo, estaba evidentemente obsesionada con el guardaespaldas. Ya era imposible que Mal se casara con Kalila. Además, ella tampoco lo querría. Ella, que sabía lo mal que acababan mucho matrimonios, nunca querría que uno empezase en esas circunstancias tan adversas. Miró a Mal, pero él parecía desesperantemente tranquilo.

–Entonces, ¿esto es lo que quieres, Kalila? –preguntó él sin rodeos.

–Sí –ella se sonrojó–. Estoy enamorada de Karim y quiero vivir tranquilamente con él para siempre –sonrió vacilantemente a su enamorado–. Me siento muy feliz.

–Yo me siento fatal –farfulló Avery aunque Mal no le hizo caso.

–Muy bien. Si estás segura de que es lo que quieres,

me ocuparé de que se cumpla. Si tu padre no acepta tu decisión, podrás vivir en Zubran bajo mi protección. Puedes ser feliz para siempre, Kalila, con mi felicitación.

–¡Puedes ser feliz para siempre! ¿Qué majadería romántica es esa? ¿Te has vuelto loco? –Avery, furiosa, lo seguía hacia la tienda de campaña–. Ni siquiera has intentado disuadirla. Al contrario, le has ofrecido refugio. ¿Por qué no te has ofrecido a celebrar la ceremonia?

–Déjalo, Avery.

–¿Que lo deje? –casi tenía que correr para poder seguirlo–. ¿Acaso no hemos pasado dos días en el desierto para encontrar a Kalila y convencerla de que no huyera?

–Efectivamente, la intención era encontrarla y te agradezco tu ayuda.

Avery resopló. Fue a preguntarle si el sol le había afectado la cabeza, pero ya se había alejado y, además, podía notar que estaba enfadado. Claro que estaba enfadado. Había encontrado a Kalila con otro hombre. Quizá eso explicara que no hubiese reaccionado. Intentó imaginarse lo que sentía, pero nunca le había parecido que el matrimonio fuese nada apetecible y no pudo. Ella se habría alegrado por haberse escapado por los pelos, pero él, naturalmente, no iba a sentir lo mismo. Él había querido casarse. En cuanto al asunto con Richard... En cuanto a todo lo que había dicho Kalila de que él estaba enamorado de ella... No había estado enamorado de ella. Ella había sido un reto, nada más. Se habían divertido juntos. Se comprometió con otra mujer en cuanto rompieron. Había empezado a organizar su boda. Eso no lo hacía un hombre enamorado. Miró hacia el coche y hacia la figura que se alejaba rápidamente. ¿Cómo iba a dejarlo solo? Si él estaba dolido, ella también. Era como si estuviesen conectados físicamente y era un lazo que llevaba intentando romper desde hacía siglos. Aceleró mientras farfullaba para sus adentros. Su madre tenía razón. ¿A quién podía importarle las relaciones? Solo daban problemas. Cuando estuvo cerca, intentó pensar qué decirle. No se le daba bien consolar a las parejas que habían roto. Su apoyo habitual era quedar con la chica, beber mucho vino y regocijarse de las ventajas de no tener pareja. Cuando llegó a su altura, él se puso muy recto, pero no la miró. Ella intentó imaginarse lo que estaba pensando para poder decir lo indicado. Sabía lo importante que ese matrimonio había sido para él, quien, en ese momento, tenía que deshacer ese... embrollo. A pesar de todo, había tratado a Kalila con paciencia y amabilidad, seguramente, con más amabilidad de la que ella había mostrado en toda su vida. Esa chica era una necia. Si soñaba con un final feliz, como evidentemente hacía, no podía encontrar uno mejor que Mal. Miró los rasgos orgullosos de su atractivo rostro, levantó una mano, vaciló, y la apoyó en su hombro.

—Lo siento. Sé lo disgustado que estás y siento no haber podido arreglarlo.

—Pero te empeñaste una y otra vez —replicó él en tono áspero.

—Claro... —ella parpadeó por su tono—. Intentaba convencerla de que cambiara de opinión.

—Entonces, alégrate de que no lo consiguieras.

—¿Alegrarme? —Avery apartó la mano—. ¡Querías casarte! ¡Lo sé!

Él la miró y a ella le dio un vuelco el corazón. Él esbozó una sonrisa escéptica.

—¿Te consideras una especialista en lo que quiero, *habibti*?

Su mirada la desconcertó. ¿Seguían hablando de Kalila?

–Habías organizado una boda y hemos ido al desierto para encontrar a tu novia. Me parecen buenos motivos para suponer que eso era lo que querías. Sin embargo, cuando ella se echa atrás, ni luchas ni parece que te haya partido el corazón lo más mínimo.

–¿Partirme el corazón? –preguntó él con un brillo muy raro en los ojos.

Avery tuvo que hacer un esfuerzo para dominarse.

–Claro, no ha podido partirte el corazón porque no tienes corazón. Qué tonta soy.

–¿Crees que no tengo corazón?

Algo muy peligroso le ensombreció los ojos y ella se sintió como si se la tragara el mar. ¿Cómo se había metido en esa conversación? Deberían estar hablando de Kalila.

–Solo sé que no haces nada para conservarla. ¿Es por orgullo? –ella lo conocía muy bien–. Sinceramente, creo que deberías olvidarlo. Ella es perfecta para ti en muchos sentidos. Vuelve allí ahora mismo, ordénale a ese saco de músculos que se largue y haz que ella entre en razón.

Se hizo un silencio que él rompió cuando empezaba a ser muy incómodo.

–¿De verdad estás tan deseosa de verme casado con otra mujer?

–Sí... –tenía el corazón desbocado y la conversación le parecía unas arenas movedizas–. Sí.

–¿Eso facilitaría la cosas? –le preguntó él con una sonrisa implacable.

Habría sido inútil fingir que no sabía de qué estaba hablando. Se miraron a los ojos muy fugazmente, pero ella supo que estaba metida en un lío.

–Mal, dejémoslo.

Él le puso la mano debajo de la barbilla para que lo mirara.

–No vamos a dejarlo. Ya hemos perdido bastante tiempo y hemos tomado muchos caminos equivocados. Que nos equivocáramos una vez no quiere decir que vayamos a equivocarnos más.

–No salgo de mi asombro. Hace cinco minutos estabas comprometido con otra mujer...

–Esa no fue mi elección, esta sí lo es.

Ella no lo entendía. A pesar del deber y la responsabilidad, él elegía su camino.

–¿Puede saberse de qué estás hablando? Mal...

–Dime por qué estabas tan empeñada en que me casara con Kalila. Dímelo, Avery.

–Porque eres un hombre de los que se casan, porque ella es perfecta para ti, porque... porque me pareció que sería más fácil si estabas casado.

–¿Lo fue? –preguntó él con la emoción reflejada en los ojos.

–No –contestó ella en un susurro–. No, pero no por eso voy a dejar de intentarlo y esperarlo.

–No tienes que hacer ninguna de las dos cosas.

–Nada ha cambiado, Mal...

Evidentemente, no fue la respuesta que él había querido y miró un instante hacia otro lado apretando los dientes.

–¿No? Si eso es verdad, es porque eres la mujer más tozuda que he conocido en mi vida. Pero yo también puedo ser tozudo.

La agarró de una mano antes de que ella pudiera reaccionar y sacó el teléfono del bolsillo. Dio lo que le parecieron una serie de órdenes en su idioma y volvió a guardárselo.

–¿Tienes algo en la bolsa que puedas necesitar? Si lo tienes, dímelo ahora.

–¿Necesitar? ¿Para qué? ¿A quién has llamado?

–A Rafiq. ¿Te acuerdas de mi asesor jefe?

–Claro. Me encanta. Le habría ofrecido un trabajo conmigo si hubiese creído que había la más mínima posibilidad de que te abandonara. ¿Qué disparate le has pedido al pobre esta vez?

No había terminado de hacer la pregunta cuando oyó un helicóptero. Levantó la mirada y arqueó las cejas al ver el emblema del sultán.

–Compruebo que la discreción y tú habéis tomado caminos distintos...

–Ya no hace falta ser discretos. Sin embargo, sí hace falta terminar la siguiente parte del viaje lo antes posible.

–Tengo que concederte que te marchas a lo grande, Mal.

–Nos marchamos a lo grande –él le apretó más la mano–. Vienes conmigo.

Fue una orden. A Avery se le paró el pulso, pero no supo si fue por esas palabras inesperadas o por lo que sentía al tener la mano en la de él.

–¿Y Kalila...?

–¿No podríamos dejar de hablar de Kalila? Tiene mi protección y haré todo lo que pueda por ella, pero no quiero perder ni un minuto más pensando en eso.

–Tengo que volver a Londres. Tengo que organizar la fiesta del senador y no puedo tomarme...

–Claro que puedes –la interrumpió él–. Eres la jefa. Puedes hacer lo que quieras. Llama a Jenny.

–Imposible –ella tenía la boca seca y el corazón desbocado–. Ni hablar.

–¿De verdad? Aconsejas a los demás que se enfrenten a sus miedos, pero tú no te enfrentas a los tuyos –replicó él con un brillo burlón en los ojos.

–No tengo que enfrentarme a nada. No tengo miedo.

–Sí lo tienes. Estás aterrada, tan aterrada que te tiemblan las manos.

–Te equivocas –Avery se metió las manos en los bolsillos–. Si eres tan listo, dime de qué crees que tengo miedo.

–De mí –contestó él con delicadeza–. Tienes miedo de estar sola conmigo.

Capítulo 6

MAL SE preparó para oír un millón de argumentos para no hacer eso, pero ella se limitó a levantar la barbilla y a acompañarlo hasta el helicóptero. Él sonrió porque ella era totalmente predecible aunque nunca fuese a reconocerlo. Como la había desafiado, ella tenía que demostrarle que se había equivocado. Cuando el fiel Rafiq apareció, él le dio una serie de instrucciones, le entregó las llaves del coche y siguió a Avery dentro del helicóptero. Había un millón de cosas que reclamaban su atención, pero, en ese momento, solo había una que le importara. Además, se alegró de que fuese tan orgullosa y tozuda porque gracias a eso se había montado en el helicóptero sin rechistar. Ese orgullo hizo que se sentara con la espalda muy recta y que saludara al piloto con su sonrisa habitual y sin rastro de tensión.

–Aquí estoy –le dijo ella mientras se cerraban las puertas–. Estoy a tu lado y sin miedo. Siento decepcionarte, pero has perdido.

–No estoy decepcionado.

–¿Adónde vamos?

–A un sitio donde la intimidad está garantizada.

Vio que ella apretaba los labios mientras encajaba la amenaza de intimidad.

–Me extraña que no quieras volver al palacio. ¿No deberías hablar con tu padre?

–Ya he hablado con él. Le he dicho que volveré dentro de unos días y que ya hablaremos.

–Creía que la cancelación tendría prioridad sobre todo lo demás.

–No sobre todo.

Aquello era lo más importante. Se había dado cuenta de cuánto se había equivocado. Él, quien se vanagloriaba de ser un magnífico negociador, había cometido errores de bulto con esa mujer que no se parecía a ninguna otra. Había sido indulgente. Había estado seguro de sí mismo y de ella. Era un error que no volvería a cometer.

El helicóptero despegó y ninguno de los dos volvió a hablar durante el viaje de cuarenta y cinco minutos. Hasta que él notó un cambio en ella cuando se dio cuenta del destino.

–¿El Zubran Desert Spa?

Ella lo utilizó hacía tiempo para celebrar un acontecimiento. Fue donde pasaron de ser amigos a ser algo más. Era un hito importante en su relación. Lo había elegido por ese motivo. Quería que tuviera significado, quería derribar la barrera que ella había levantado entre los dos. Cuando lo miró, supo que había acertado.

–¿Por qué aquí?

–¿Por qué no?

–Es una jugada rastrera.

¿Podían acusarlo de emplear maniobras ruines? Quizá, pero no tenía remordimientos. Cualquier maniobra estaba justificada cuando se jugaba tanto. Iba a hacer lo que fuese para que ella cediera. Iba a luchar por su relación hasta que consiguiera lo que quería. No había esperado tener una segunda oportunidad e iba a aprovecharla.

–No pretendo ser ejemplar, quiero ganar.

–Tienes que salirte siempre con la tuya.

–No creo...

Si se hubiese salido con la suya, no habrían roto. Fue la primera vez en su vida que se sintió impotente. Se abrió la puerta del helicóptero y se encontraron con el director del hotel y un grupo de empleados muy emocionados.

–Te han confundido con una estrella de rock –murmuró Avery recogiendo su bolsa–. ¿Les dices tú que no eres importante o se lo digo yo?

–Es mejor que no les estropees la diversión.

–Cuando alguno de mis empleados nuevos se queda fascinado por la gente que tratamos, le recuerdo que los famosos tienen las mismas necesidades que nosotros.

–¿Sexuales?

–Qué típico de ti elegir esa necesidad la primera –replicó ella sonrojándose–. Otros habrían pensado en algo distinto.

–Otros no han pasado dos días en el desierto contigo.

Mal la dirigió hacia el comité de bienvenida.

–Alteza, es un placer recibiros otra vez. Es un honor para nosotros que queráis pasar unos días aquí –el director, abrumado por la importancia del huésped, se inclinó exageradamente–. Vuestras instrucciones se han seguido al pie de la letra, pero si deseáis algo más...

–Intimidad –Mal miró a Avery–. En estos momentos, solo quiero intimidad.

–Nos enorgullecemos de ofrecer precisamente eso a nuestros huéspedes. Os acompañaré a la suite del sultán.

La suite del sultán... Donde pasaron la primera noche juntos. Avery intentó ir más despacio, pero él la agarró de la mano mientras recorrían el camino que llevaba a la villa. Además, ella no podía fingir que estaba obligándola. Era una mujer adulta e independiente. Podría haberse marchado en cualquier momento, pero no lo había hecho. ¿Por qué? Porque era una necia. Si no la hubiese acusado de tener miedo... Ese comentario le había impedido negarse y... ¡Él había conseguido que no hubiera podido negarse! Entrecerró los ojos peligrosamente y lo miró.

–Eres un ser rastrero y manipulador.

Ella lo dijo en voz baja para que no lo oyera el director, pero Mal sí lo oyó porque sonrió.

–Ahórrate los halagos para cuando estemos solos, *habibti*.

–Dijiste que tenía miedo porque sabías que iba a llevarte la contraria.

–¿Eso significa que yo soy manipulador o que tú eres predecible?

Que él la conociera tan bien no hacía que se sintiera mejor.

–Supongo que te crees muy listo.

–Desesperado –murmuró él–. Yo diría «desesperado». Hasta las personas famosas tienen necesidades, ya lo sabes.

Efectivamente, lo sabía. Además, el contraste entre su actitud amable y seductora y el deseo puro y duro que veía en sus ojos la alteraba más que cualquier palabra. Sintió que se abrasaba por dentro y tuvo verdadero miedo. No de él, sino de sí misma. Había pasado unos meses intentando olvidarlo, levantándose todos los días de la cama y recordándose que no iba a arruinar su vida por un hombre, aunque fuese un hombre increíble. Sin embargo, allí estaba y ya no estaba Kalila ni nada que pudiera mantenerlos separados. Nada salvo los motivos habituales. Intentó retirar la mano, pero él la tenía muy bien agarrada.

–Esto es un error.

–Si es un error, me lo tomaré como un hombre.

Eso no era un consuelo porque nunca había dudado de su virilidad.

–Vas a arrepentirte.

Ella también... Cuando le pidió que lo acompañara, debería haber alegado algo que no podía hacerse sin su presencia, algo que la hubiera librado de esa situación. Sin embargo, habían llegado a la puerta de la villa, el director seguía inclinándose y ya no podía echarse atrás.

–El doctor está esperándoos, Alteza, como pedisteis.

Mal le dio las gracias con un murmullo y ella frunció el ceño.

–¿El doctor? –Avery retiró la mano y se quitó las botas con alivio–. ¿Quién necesita un doctor?

–Tú. Quiero que te examine después de la picadura del escorpión.

–¡Por amor de Dios, estoy bien!

–Eso lo decidirá el médico.

–A lo mejor me manda a casa. ¿Lo habías pensado?

–O a lo mejor te manda a la cama, donde acabarás en cualquier caso.

–¿Eso crees? Es posible que seáis demasiado engreído, Alteza.

–Y tú eres la mujer más hiriente que he conocido. No sé quién salió peor parado si tú o el escorpión. Seguramente esté en tratamiento psicológico para reponerse.

Mal se adelantó y conversó un momento con el médico mientras ella se movía con impaciencia.

–Estoy como un roble.

–Estaré tranquilo cuando se lo oiga a un profesional. Si vas al dormitorio principal, te examinará. Y no descargues toda tu frustración en el médico, él es inocente.

–¿Crees que estoy frustrada?

–Eso espero, pero ya lo hablaremos más tarde.

Mal, con una frialdad desesperante, abrió las puertas del dormitorio principal. Ella sintió una opresión en el pecho al ver la cama hecha a mano que presenció cómo dejaron de ser amigos y pasaron a ser amantes. El lujo sensual y descarado de la suite la alteraba tanto como su mirada.

–¿Qué se supone que va a hacer el médico? ¿Declararme apta para la acción?

La reacción de ella fue frívola y se dio cuenta de que llevaba horas sin pensar en el escorpión. Había estado demasiado absorta por los acontecimientos y el barullo de sus sentimientos. Había estado demasiado ocupada pensando en él... y él lo sabía. Él fue de un lado a otro mientras el médico la examinaba. Mal lo sometió a un interrogatorio exhaustivo hasta que estuvo satisfecho y ella, agotada, se dejó caer sobre las almohadas sintiendo lástima por el médico.

–Lo has aterrado. Al pobre le temblaban las manos. Mal, por favor, no agobies a la gente.

–Solo quería cerciorarme de que estaba siendo minucioso.

La habitación era el colmo de la sofisticación. Estaba decorada con alfombras y muebles antiguos y las puertas se abrían al desierto infinito. La última vez que estuvo allí con él hizo una foto del atardecer y la puso de salvapantallas. Cuando la veía, el corazón le daba un vuelco y se le encogía a la vez porque le recordaba un momento cuando la vida rozó la perfección. Mal se sentó al lado de ella y el colchón se hundió un poco.

–Estás pensando en la última vez que estuvimos aquí.

–No, no hago esas cosas. Si querías sentimentalismo, has elegido a la mujer equivocada. Sin embargo, ya lo descubriste hace tiempo –Avery se levantó de la cama–. Estaba pensando que necesito una ducha. Tengo el pelo lleno de arena, tengo la ropa llena de arena y me siento más como un camello que como una persona.

Ella se dirigió hacia el cuarto de baño porque era la única habitación con pestillo, pero él la agarró fácilmente y la atrajo hacia sí.

–No puedes escaparte a ningún lado, *habibti*. Estamos los dos solos.

–Eso solo puedes reprochártelo a ti mismo. Te dije que te arrepentirías.

–¿Tengo aspecto de estar arrepentido? –él sonrió ligeramente y le tomó la cara entre las manos–. ¿Crees que busco pelea? Si eso es lo que quieres, pelearé. También podrías oír alguna idea alternativa sobre cómo podemos pasar el tiempo.

–No.

Ella quiso decirlo tajantemente, pero sonó como una súplica. Él frunció el ceño.

–¿Hasta cuándo vas a fingir que no es lo que quieres?

–Hasta que te enteres del mensaje. Quiero ducharme.

Estaba aterrada por la idea de volver a hacerlo, de arriesgarlo todo, de que le hiciera daño.

–¿Una ducha primero? –preguntó él soltándole.

–¿Primero?

–¿Creía que tendrías hambre?

–Me apetece ducharme, pero no tengo ropa. Deberías haberlo pensado antes de secuestrarme.

–También puedo solucionarlo –replicó él acariciándole el pelo.

–¿Cómo?

–Algunas veces, ser príncipe tiene ciertas ventajas.

Ella tenía el pulso acelerado porque lo tenía muy cerca y estaba acariciándola.

–¿Has estado aprovechando tu posición para influir y coaccionar a la gente?

–Algo así.

–No me impresiona. Conmigo no da resultado.

–Nunca lo dio, pero me deseas. ¿Vas a reconocerlo?

–Antes, el desierto se quedará sin arena.

–Entonces, tendré que emplear otros métodos para sacarte la verdad.

–¿Ahora recurres a la violencia?

–No a la violencia –contestó él con una sonrisa–, pero serás sincera porque he dejado de jugar.

Estaban hablando, pero las palabras solo eran una parte de la comunicación. Estaba el delicado roce de su mano en su mejilla, la mirada elocuente, el corazón desbocado... Era inútil fingir que no tenían ningún efecto en ella. Era tan vulnerable como lo había sido siempre y él lo sabía. Eso, que lo supiera, la enfurecía consigo misma, pero más con él. Se apartó y fue al cuarto de baño, pero los recuerdos la siguieron allí porque se habían duchado juntos más de una vez.

–Estás atosigándome y necesito tiempo para pensar. No me sigas, Mal.

Por si acaso, cerró con pestillo y se quedó mirando la puerta porque sabía que él estaba al otro lado y porque se daba cuenta de que el pestillo no bastaba para dejar atrás sus sentimientos. Él no era el problema, el problema era ella. Se desvistió y se metió debajo del agua caliente para quitarse de encima dos días de calor en el desierto. Se lavó el pelo y se quedó un siglo con los ojos cerrados mientras el agua le caía por encima. Sin embargo, no podía quedarse para siempre. Cerró el agua a regañadientes y se secó con una de las mullidas y enormes toallas que había en un armario de cristal. Luego, de dio la vuelta y se lo encontró mirándola.

–Te has olvidado de que el cuarto de baño tiene dos puertas. Solo has puesto el pestillo en una.

–Cualquier otro hombre lo habría considerado una insinuación.

–¿Cómo lo sabes? –él tenía el pelo mojado y estaba anudándose una toalla alrededor de las caderas. Se había duchado en el otro cuarto de baño–. ¿Has tenido otros amantes mientras estábamos separados?

Se habría reído por la pregunta si no le hubiese dolido tanto. No tenía ni idea de lo que le había hecho. No podía dejar de mirar su abdomen y la línea de vello que se perdía debajo de la toalla.

–Claro que he tenido otros amantes. ¿Por qué lo preguntas? ¿Creías que no puedo vivir sin ti?

–Puedes alegrarte de que sepa que es mentira. Además, me parece una buena señal que intentes protegerte.

–Si sabes tanto de mí, ¿por qué lo preguntas?

–Porque quiero que reconozcas lo que sientes.

–¿En este momento? Estoy muy molesta porque estás en mi espacio personal.

–¿Crees que estoy en tu espacio personal? A ver qué te parece esto...

Estaba besándola antes de que ella pudiera darse cuenta. La química fue tan inmediata y poderosa como siempre. La agarró de las caderas y le quitó la toalla mientras ella hacía lo mismo. Se quedaron desnudos y solo se oyó la respiración entrecortada de él y los gemidos de ella. La abstinencia llevaba al anhelo y el anhelo hizo que la tomara en brazos para llevarla a dormitorio sin dejar de besarla con avidez.

–Solo tú puedes conseguir que haga esto –murmuró él sin apartar la boca mientras la dejaba en el centro de la cama–. Solo tú y esta vez vamos a hacerlo como es debido. Nada de encuentros en el cuarto de baño o de momentos fugaces en cualquier parte.

A ella le daba igual dónde estuvieran si estaban juntos. Cuando se puso encima de ella, se dio la vuelta para dejarlo debajo.

–¿La batalla por la supremacía? –preguntó él con un brillo en los ojos negros.

Ella le sonrió y lo besó porque necesitaba tocarlo después de tanto tiempo.

–¿Puedes soportarlo?

–¿Puedes tú?

Era una pregunta que ella iba a hacerse una y otra vez mientras él empleaba toda su destreza para enloquecerla. Ella no creía en el amor ni en la felicidad para toda la vida, pero sí creía en eso y se preguntó cómo había podido sobrevivir tanto tiempo sin sus caricias. Se dio cuenta de que no podía decirse que hubiese sobrevivido, que todos los días lo había ansiado. Le gustaba un disparate estar con él, tanto que se descuidó mientras se cimbreaba y él, naturalmente, aprovechó la ocasión para darse la vuelta y ponerse encima.

–Te he echado de menos –gruñó él besándole el cuello.

Ella cerró los ojos porque le costaba respirar al oírselo.

–No, no es verdad.

–Sí es verdad y tú también me has echado de menos.

–No es verdad.

–Sí es verdad. Dímelo, Avery, sé sincera –Mal le tomó la cara entre las manos–. Reconocerlo no te convierte en débil.

Pero sí en vulnerable...

–Es verdad que echaba de menos discutir con alguien.

Avery cometió el error de abrir los ojos en ese momento y de ver la pasión en los de él. Él esbozó una sonrisa muy sexy y elocuente.

–Claro. Has echado de menos las discusiones y nada más. No has echado de menos esto... –él le acarició el cuerpo y ella gimió–. Ni esto... –él bajó más la mano y ella jadeó–. Naturalmente, no has echado de menos esto.

Eso hizo que ella se contoneara debajo de él, que le negó el placer que codiciaba. Se apartó un poco cuando ella se arqueó contra él.

–¿Te das cuenta de que la única vez que muestras tus sentimientos es cuando estamos en la cama? –preguntó él con la voz ronca y levantándole los brazos por encima de la cabeza como si la tuviera cautiva–. Aparte de la picadura del escorpión, la única vez que te he visto vulnerable ha sido cuando estás en mi cama.

–No siempre fue en tu cama. Alguna fue en la mía.

Tenía el pulso acelerado porque, efectivamente, era vulnerable, como si estuviera desnuda en todos los sentidos, expuesta a ese hombre que veía tanto y pedía más.

–¿Vas a decirme por qué tienes tanto miedo?

–¿Miedo? –ella intentó zafarse, pero la tenía agarrada con fuerza–. No tengo miedo.

–Si no tienes miedo, deja de intentar soltarte –le recorrió el hombro con la lengua–. Si no tienes miedo, deberías confiar en que no voy a hacerte daño, no debería costarte.

Lo que más le costaba en el mundo era dejar su seguridad en manos de otra persona, confiar su corazón a la única persona que podía partirlo. Era mucho pedir. Él quería que entregara algo que no podía entregar, que se sometiera a algo que la aterraba porque sabía que todo lo que él diera podía arrebatárselo también.

Él bajó la boca hasta que le lamió un pezón con la punta de la lengua.

–Mal...

–Confía en que no te haré daño.

Él lo dijo sin dejar de lamerle el cuerpo. Ella se estremeció con una excitación tan intensa que no podía quedarse quieta. Contuvo el aliento al encontrarse con la dureza de su muslo y la turgencia de su erección. Estaba tan excitado como ella y quiso abrazarlo para apremiarlo, pero él no le soltó las manos para someterla a su voluntad. Avery cerró los ojos para intentar mantener el dominio de sí misma, para no ver el resplandor sensual de esos ojos negros. La llevaba al límite, como siempre. Notó que perdía el dominio de sí misma hasta con los ojos cerrados. No podía recordar por qué estaba intentando evitar que pasara eso. La excitación se adueñó de ella y sintió que los sentimientos del cuerpo entraban en conflicto con sus miedos.

Le lamió los pezones con tanta destreza que se contoneó sobre las lujosas sábanas, pero él no tuvo compasión. Dejó escapar un gemido, pero él correspondió introduciendo una mano entre sus piernas para satisfacer el anhelo que sentía esa parte de su cuerpo. Sus dedos largos y fuertes la enloquecieron, pero él los retiró cuando notó un ligero espasmo.

–No, todavía, no.

Ella gimió al no alcanzar el placer que anhelaba.

–No es justo...

–Te deseo, completa.

Él lo murmuró con la boca pegada a la de ella, que separó los labios para intentar robarle un beso, pero con las manos agarradas e inmovilizada debajo de él, no tenía el dominio de la situación. Él mantuvo la boca fuera del alcance de la de ella, pero lo bastante cerca para que ella deseara besarlo con todas sus ganas.

–Mal...

–Quiero que confíes en mí.

Mal lo dijo con delicadeza, pero sin poder disimular el tono autoritario. Si hubiesen estado en otra situación, ella habría sonreído porque él no podía evitarlo. Tenía que llevar las riendas hasta en ese momento tan íntimo.

–Solo confío en mí misma.

–Eso ha podido ser verdad hasta ahora...

Sus dedos volvieron a acariciarla con tanta delicadeza y destreza que el placer se acercó mucho al dolor. Le palpitaba el cuerpo por el deseo y él lo sabía. Sabía que él lo sabía porque notó su sonrisa cuando por fin bajó la cabeza para ofrecerle lo que anhelaba. Su lengua se unió a la de ella con una sensualidad implacable mientras sus dedos obraban milagros y seguía sujetándole las manos. Evidentemente, era mucho más fuerte, pero no estaba dispuesta a rendirse como él quería que hiciera.

–Suéltame, quiero tocarte.

–No. Por ahora, yo llevo las riendas. Cuanto antes lo reconozcas, antes te soltaré.

Le separó los muslos con la mano y entró con un movimiento suave, profundo y firme, pero desesperantemente lento y delicado. Ese dominio de sí mismo acabó con el poco control que le quedaba. Gimió y él se retiró un poco para volver a entrar más profundamente con la mano en su cadera para que se moviera a su ritmo. Su mirada hacía que le costara respirar y quiso cerrar los ojos para no verlo, pero había algo dentro de ella que se lo impedía y esa conexión se mantuvo para ahondar una vivencia que ya era aterradora. Nunca había sentido algo así. El sexo siempre había sido asombroso y distinto, pero nunca había sentido algo así, nunca se había sentido tan cerca, tan... personal. Él nunca le había exigido tanto y ella nunca le había entregado tanto. Notó que todo su poder la poseía y le rodeó las caderas con las piernas. No podía permanecer pasiva. Él sonrió sobre sus labios porque supo que ella tenía esa necesidad. La conocía muy bien. La conocía completamente y quiso cerrar los ojos otra vez porque tanta intimidad era aterradora. Estaba cautiva porque dominaba su corazón, no porque dominara sus manos. Si se lo rogaba, le soltaría las manos, quedaría libre físicamente, pero sabía que nunca sería libre sentimentalmente. Era el único hombre que quería, era el único hombre que había querido y esos sentimientos la ataban a él como si estuviera esposada.

–Deja de resistirte –él la besó lentamente–. Deja de zafarte de mí.

–No me zafo, ni siquiera puedo moverme.

–No me refiero a físicamente y lo sabes –él seguía besándola delicada y apremiantemente a la vez–. Me refiero a todo lo demás.

–¿Qué es todo lo demás?

–Lo sabes.

Efectivamente, lo sabía y esa vez consiguió cerrar los ojos.

–Pides demasiado.

–Pido mucho, pero no demasiado.

–No lo sabes.

–Si hay cosas que no sé es porque nunca has confiado en mí lo suficiente y me las has contado. No voy a hacerte daño.

Ella sabía que no estaba hablando de lo que estaban haciendo en esa cama. Eso no la habría asustado. Lo que la asustaba era que le hiciera daño en algún momento de su relación, quizá, cuando ella empezara a confiar en que formara parte de su vida. Ya le había hecho daño antes. El pánico se adueñó de ella.

–Mal...

–Lo quiero todo, Avery, todo lo que no me diste antes –introdujo la mano libre entre su pelo–. No me conformaré con menos.

Ella gimió porque estaba dentro de ella y ya no podía pensar con claridad. En realidad, le resultaba imposible pensar cuando la tomaba con un ritmo lento y sensual que estaba enloqueciéndola.

–Quiero que me cuentes el sueño.

–¿El sueño?

–Esos sueños que tienes. Cuéntamelos... –susurró él mientras la besaba arrebatadoramente–... cuéntame por qué gimes cuando estás dormida y te despiertas con ojeras.

Estaba mareada por los besos y se derretía con cada embestida.

–Sueño con el trabajo... –ella gimió cuando la lengua de él se encontró con la de ella–... trabajo.

–¿Trabajo? –él le pasó la mano por debajo del trasero para profundizar la penetración–. ¿Gritas por el trabajo?

–Sí.

Ella estaba a punto de suplicarle porque llevaba tanto tiempo manteniéndola en ese punto que creía que no iba a poder soportarlo más. Lo anhelaba de una forma indecente.

–Mientes. Dime qué sueñas.

El tono ronco de su voz era insoportablemente sexy y se preguntó cómo podía decir dos palabras seguidas cuando ella no podía ni gemir casi.

–Avery...

Entró todo lo que pudo en su palpitante carne y ella se estremeció. Al perder el dominio de sí misma se dio cuenta de que su madre se había equivocado. Podía ser dueña de sus orgasmos, pero era mucho mejor que lo fuera otra persona. También podía ser dueña de su corazón, pero compartirlo era el mejor regalo que podía hacer y quería compartirlo con ese hombre.

–Contigo –jadeó ella arrastrada por el éxtasis–. Sueño contigo.

Mal la abrazaba mientras los rayos del sol asomaban por el desierto. Aparte de la noche cuando la picó el escorpión, era la primera vez que se dormía en sus brazos, como si eso fuese una debilidad. Estaba seguro de que a ella se lo parecía. Como si reconocer que sentía algo por un hombre fuese a amenazar si identidad. Era paradójico porque, en muchos sentidos, era la mujer más fuerte que conocía y, aun así, entendía que su independencia estaba inspirada por el miedo entre otras cosas. Por el miedo a que le hicieran daño, a que la decepcionaran... Ella le había contado pocas cosas de su pasado, pero sabía que no había tenido una influencia paternal. Había leído cosas sobre su madre, sobre la imponente abogada especializada en divorcios que lo sacrificó todo para llegar a lo más alto. Evidentemente, también había sacrificado su relación con el padre de Avery porque no había rastro de él por ninguna parte y, con toda certeza, esa vivencia había influido en el concepto tan negativo que tenía del matrimonio. Aunque no debería juzgar porque conocía a muchos hombres que habían hecho lo mismo, hombres que habían antepuesto su ambición a las necesidades de sus seres queridos. Los matrimonios morían, era algo consustancial a la vida. Sin embargo, ellos habían avanzado. Había un paso entre «sueño contigo» y «te amo» y creía que ella ya estaba dispuesta a darlo.

Se despertó con una sensación de calidez y seguridad. Adormecida, abrió los ojos y lo primero que vio fue una piel morena y musculosa de hombre. Malik. Había pasado la noche con Mal. No unas horas, toda la noche y abrazada a él. Después de haberse pasado meses intentando recomponerse trozo a trozo... La calidez dejó paso a la desazón. ¿Qué había hecho? Estaba furiosa consigo misma y con él por haber dado por supuesto que podía reiniciar todo donde él lo había dejado. El pánico se apoderó de ella y quiso soltarse, pero sus brazos la agarraban como si fueran de acero.

—¿Qué pasa?

—Sufro un caso grave de arrepentimiento de la mañana siguiente. Suéltame.

—No vas a irte a ningún lado. Si quieres decir algo, dilo.

¿Cómo iba a decir algo si estaba aprisionada contra su cuerpo desnudo?

—Suéltame.

—No —él tenía los ojos cerrados y esbozó una sonrisa—. Quieres huir como la cobarde que eres.

—No soy cobarde.

—¿No? —él entreabrió los ojos—. Demuéstralo, *habibti*. Quédate donde estás, no pongas la distancia que te pide tu miedo. Anoche, por una vez, fuiste sincera. Enfréntate a tu miedo.

—Anoche fui una idiota. ¡No quiero esto! Ya lo tuve una vez y fue espantoso.

Lo empujó con todas sus fuerzas y saltó de la cama con el corazón acelerado.

—¿Espantoso? —preguntó él con frialdad—. ¿Nuestra relación fue espantosa?

—No nuestra relación, la parte final. No lo entiendes, ¿verdad?

Desconcertada y abochornada por estar desnuda, agarró la primera prenda que vio, que resultó ser la camisa de él. Él se apoyó en un codo, la sábana cayó un poco y dejó ver su abdomen.

—Dado que tú fuiste quien rompió, no, no lo entiendo.

—Da igual —se le formó un nudo en la garganta mientras se cubría con la camisa—. Olvídalo. Te agradecería que pidieras tu helicóptero. Ha llegado el momento de que vuelva.

—¿Solo con mi camisa?

—Me cambiaré.

–No te molestes. No voy a dejar que te marches otra vez.

Él estaba muy seguro de sí mismo y ella no podía reprochárselo después de haber caído en sus brazos unas horas antes.

–No lo decides tú, lo decido yo y no quiero repetir esto otra vez. No cometeré el mismo error.

Sin embargo, ya lo había cometido, ¿no? Las heridas de su corazón ya estaban sangrando otra vez y había sido culpa suya.

–¿Estás fingiendo que no estuvimos a gusto?

Su falta de sensibilidad era como un puñetazo en el estómago y las emociones se desbordaron.

–No tienes ni la más remota idea, ¿verdad? –Avery fue hasta el extremo opuesto de la habitación con las piernas temblorosas–. Ya pasamos por esto, Mal, y cuando se deshizo, me quedé deshecha, impotente, ridícula y... Dios mío, no puedo creerme que te dijera eso –le dio la espalda y se tapó la cara con las manos–. Déjalo, por favor. Anoche fue anoche. Punto final. Una noche, nada más. No puedo dar nada más.

Sin embargo, ya era demasiado tarde. Él se había levantado y estaba al lado de ella, espléndidamente desnudo y sin importarle lo más mínimo.

–¿Deshecha? Cuando me puse en contacto contigo eras el ejemplo perfecto de una mujer entera, vi una mujer a la que no le importaba nada. Eso es lo que vi cada vez que te miré, hasta anoche.

–¿Qué esperabas? –exclamó ella–. Me hiciste eso después de todo lo que te di.

–¿Todo lo que me diste?

–Sí –contestó ella con la voz quebrada–. Contigo hice algo que no había hecho con ningún hombre. Te entregué mi corazón y tú lo cortaste en mil pedazos y lo ofreciste a la gente como si fuese un hígado fileteado.

Se hizo un silencio atroz. Ella esperó que él dijera algo, pero se limitó a mirarla fijamente y muy pálido. Tragó saliva aunque pareció costarle un esfuerzo inmenso.

–Tú fuiste quien acabó nuestra relación.

–Y tú quien se comprometió con Kalila unas semanas después. La noticia del compromiso apareció en todos lados. No podía entrar en Internet sin ver una foto de la feliz pareja. Todo el mundo me observaba para ver cuándo me desmoronaba. Fue como si estuviera en el zoológico. ¿Sabes lo difícil que era levantarme cada mañana para enfrentarme al mundo? Fue un infierno.

–Avery... –susurró él aturdido por la conmoción.

–Además, como si eso no hubiese sido suficiente, tuviste las agallas de pedirme que organizara la fiesta de tu boda. Tenías que restregármelo por la cara. Yo tuve que reírme, que sonreír y que decir que no pasaba nada a un millón de cotillas que estaban esperando para presenciar la estrepitosa colisión de nuestra relación. Bastante humillante fue que le pidieras la mano tan pronto después de que rompiéramos, pero pedirme que organizara la fiesta cuando sabías que no podía rechazarlo... –Avery estaba llorando y las lágrimas le caían por las mejillas–. ¿Cómo pudiste hacerlo? ¿Cómo pudiste querer humillarme y herirme de esa manera?

Él, pálido como la cera, farfulló algo ininteligible y fue a agarrarla, pero ella le apartó la mano.

–¡No! No puedes hacer ni decir nada para arreglarlo. Siempre pensé que las relaciones a largo plazo estaban condenadas al fracaso, pero contigo fui feliz por un momento y tuve esperanza. Hasta que hiciste eso. Además, no fue un accidente. Lo hiciste para herirme. Y lo conseguiste. No voy a permitir que lo hagas otra vez, Mal.

Capítulo 7

MAL SE quedó petrificado y mirando el sitio donde ella había estado hacía un instante. Atónito, repasó todo lo que ella le había arrojado a la cara y lo ordenó por orden de importancia. Luego, soltó una maldición y llamó a la puerta del cuarto de baño, que ella había cerrado con pestillo.

–Avery, abre.

No hubo respuesta. Él retrocedió, fue hasta su bolsa, sacó el cuchillo, miró la hoja y se preguntó si serviría. Agradeció a Rafiq sus enseñanzas y consiguió abrir el pestillo. Estaba hecha un ovillo en el suelo del cuarto de baño y apoyada contra la pared. Lo miró con el ceño fruncido.

–¿También puedes forzar puertas? Lárgate.

–No.

–¿No te conformas con herirme una vez? ¿Tienes que hacerlo una y otra vez? Además, con un cuchillo. ¿Es algún deporte nuevo y sangriento?

Él se había olvidado del cuchillo y lo dejó inmediatamente. Nunca la había visto con los sentimientos tan a flor de piel.

–No te herí intencionadamente –Mal se acercó a ella con mucha cautela, como si fuese un animal herido, y se agachó enfrente de ella–. No lo sabía, *habibti*.

Él habló con toda la delicadeza que pudo, pero, aun así, ella lo miró como si quisiera fulminarlo.

–¿Qué es lo que no sabías? ¿Que eres un malnacido

insensible? Eso solo significa que tienes una falta de perspicacia deprimente.

Él prefirió pasar por alto el insulto porque le pareció la defensa de alguien que estaba aterrado.

–Hasta hoy no sabía que me habías entregado tu corazón. Creí que era un premio que no había ganado. No dijiste nada y yo... –Mal resopló–... yo no capté los indicios.

–Según tú, eres un especialista en lenguaje corporal.

–Al parecer, no lo soy.

–No hacía falta ser un especialista. Estuve todo un año contigo. ¿Qué crees que indica eso?

–Para mí, indicó que estábamos pasando un buen rato.

Mal vio el resplandor de una lágrima en sus pestañas y se le encogió el corazón. Fue a quitársela con el pulgar, pero ella apartó la cara. La camisa le quedaba muy grande y se le cayó un poco hasta mostrar uno de sus hombros. Eso bastó para recordarle él que lo alteraba como no había hecho ninguna mujer.

–No me indicó que estuvieras enamorada de mí. No lo supuse ni me lo dijiste.

–Tú tampoco lo dijiste.

¿Era así de sencillo? ¿Habría bastado con eso?

–Estoy dispuesto a decirlo. Estaba dispuesto a pedirte que te casaras conmigo. Tenía planes. Entonces, me dijiste que se había acabado y te marchaste.

–Me enteré de tus planes cuando ese ser abyecto que no podía tener las manos quietas me llamó y me hizo una oferta por mi empresa porque había oído decir que yo iba a dejarlo todo para pasarme el resto de mi vida a cinco pasos por detrás de ti.

–No sabía que te había hecho una oferta por tu empresa.

–Estaba provocándome porque sabía cuánto significaba mi empresa para mí. Yo caí, naturalmente –ella cerró los ojos y dejó caer la cabeza contra la pared–. Entendió mi punto débil mejor que tú.

–También entendió el mío.

Mal, que estaba muy incómodo, se levantó y también la levantó a ella.

–Creía que eras el príncipe perfecto. No tienes puntos débiles.

Él pelo, despeinado, le cayó sobre los hombros. Sin maquillaje parecía increíblemente joven y sintió que algo se ablandaba dentro de él. Era la Avery verdadera, no la empresaria.

–¿Crees que no tengo puntos débiles? –él le pasó una mano entre el pelo y le levantó la cabeza–. Tú eres mi punto débil, *habibti*. Siempre lo has sido y Richard lo sabía. Sabía qué decir exactamente para provocarme y lo consiguió. Perdí los nervios.

–Lo siento, pero no puedo imaginármelo.

–Inténtalo –él esbozó una sonrisa como si se burlara de sí mismo–. Fue espantoso. ¿Quieres saber los detalles? Perdí el dominio de mí mismo, como te contó Kalila.

–No la creí. Nunca pierdes el dominio de ti mismo.

–Todo el mundo tiene un límite y él encontró el mío con una facilidad bochornosa. Había pensado pedirte que te casaras conmigo y hacerlo como es debido. Sabía que éramos felices. Sabía que eras la mujer con la que quería pasar mi vida. Fue una coincidencia desafortunada que Richard se enfrentara a mí antes de que tuviera la oportunidad de estar a solas contigo.

Ella se quedó mirando un punto indefinido en el centro del pecho de él.

–Habría facilitado las cosas que me hubieras contado tus planes.

–Soy muy tradicional y quería pedírtelo de una forma tradicional.

Ella se apartó con la tensión reflejada en sus estrechos hombros.

–Sí, eres muy tradicional y eso cierra el círculo. Aunque me hubieses pedido que me casara contigo cara a cara, de la forma convencional, habrías esperado que hubiese dejado la empresa.

Ese era el fondo del asunto, de lo que nunca habían hablado. Aun entonces, cuando estaba dispuesto a que todo saliera bien, sabía que era complicado porque, efectivamente, dirigir una empresa como la suya exigía una dedicación que no podría tener la mujer que se casara con él. Vaciló un instante que resultó demasiado largo porque vio que a ella se la hundían los hombros, que tomaba esa duda como la confirmación de sus temores.

–No habría esperado que hubieses renunciado a tu empresa.

Sin embargo, la expresión escéptica de ella le indicó que no lo creía.

–Es verdad que no habrías podido trabajar dieciocho horas al día –siguió él con un suspiro–, pero habríamos encontrado una solución.

–Una solución para que yo renunciara a todo y tú a nada.

–No. Lo habríamos hablado, habríamos alcanzado un acuerdo, pero no nos comunicamos como deberíamos haber hecho.

–En ese caso, es culpa tuya.

–Estoy de acuerdo, menos en la parte que es culpa tuya –la tomó de la mano para salir del cuarto de baño aunque ella intentó resistirse–. Lo siento, pero si queremos aclarar esto, tenemos que hablar en algún sitio que no me recuerde que has estado desnuda en la ducha. También ayudaría que te abrocharas el botón del cuello de la camisa.

–¿Estás pensando en el sexo en un momento como este?

–¿Tú no? –peguntó él con una sonrisa irónica.

Ella apartó la mirada de sus hombros.

–No. No me excitáis, Alteza –la sonrisa de él hizo que ella se encogiera de hombros–. De acuerdo, es posible que esté pensando en el sexo, pero porque lo empeora todo. Unas buenas relaciones sexuales no consolidan una relación, no impiden que nuestra relación sea imposible.

–No es imposible.

–Queremos cosas distintas.

–Entonces, pactaremos. Es cuestión de negociar.

–En otras palabras, me intimidarás hasta que te salgas con la tuya.

Ya estaban en la impresionante sala con vistas al desierto, pero ninguno de los dos le prestaba atención. Avery se soltó la mano y se refugió en un rincón del sofá, lo más lejos de él que pudo.

–¿A qué hora va a llegar el helicóptero para recogerme?

–No va a venir –él hizo una pausa porque sabía que no conseguiría a esa mujer reteniéndola a su lado–. Sin embargo, si sigues queriendo el helicóptero cuando hayamos terminando esta conversación, te llevaré yo mismo a Londres, ¿de acuerdo?

Ella lo miró a los ojos y luego desvió la mirada.

–Adelante, Alteza, despedazadme con vuestras maravillosas técnicas de negociación.

–Me acusas de insensible y lo acepto, pero tú también tienes parte de culpa porque no tenía ni idea de tus sentimientos. Nunca me lo dijiste, estabas demasiado ocupada protegiéndote y...

–Algo que, evidentemente, era lo más acertado –lo interrumpió ella.

–No. Si hubieras confiado en mí, si nos hubiéramos conocido mejor... Cada vez que intenté hablar contigo me topé con esa empresaria implacable y competente. Nada podía atravesar ese escudo que te pones entre tú y el mundo.

–No es un escudo, soy yo misma.

–Es un escudo. ¿Por qué crees que te pedí que organizaras mi fiesta?

–Creía que ya habíamos aclarado eso. Porque eres insensible.

Ella lo dijo casi con desenfado, pero él captó el dolor en sus ojos, el mismo dolor que sentía él.

–Ni siquiera me permitiste replicar. Te limitaste a decirme que no estabas dispuesta a hacer el sacrificio que suponía ser mi esposa, algo que me dolió casi tanto como darme cuenta de que tampoco estabas dispuesta a luchar por nuestra relación.

–Las relaciones se acaban, Mal. Son cosas que pasan y luchar solo alarga lo inevitable.

–Algunas relaciones se acaban –él se dio cuenta de lo mucho que había subestimado las inseguridades de ella–. Otras resisten.

–Si quisiera resistencia, correría el maratón.

Él cambió de planteamiento al darse cuenta de que ese camino estaba cerrado.

–Llegué a considerarte la mujer con menos prejuicios e impresionante que había conocido, pero en lo relativo al matrimonio estás ciega y llena de prejuicios. ¿Por qué no me di cuenta antes?

–Si eso es una manera de intentar eludir la culpa por ser tan insensible que me pediste que organizara la fiesta de tu boda con otra mujer, vas a tener que buscarte otro argumento. No soy la responsable de tus defectos.

–Ni siquiera me concediste la cortesía de hablar cara a cara. Solo me dijiste que se había acabado. Te negaste a hablarme hasta aquella llamada telefónica, que tengo grabada en la memoria. Aquella conversación en la que me dijiste que si quería volver a hablar contigo, tendría que contratar tus servicios profesionales. Eso fue lo que hice. Te contraté.

La observó mientras asimilaba la verdad, mientras aceptaba su parte en lo que había pasado.

–No quería decirlo al pie de la letra.

–Yo me lo tomé al pie de la letra.

–¿Elegiste casarte con otra mujer y pretendes que me crea que estabas desolado? Lo siento, pero mira la evidencia desde mi punto de vista. Me entero por boca de un tercero de que vamos a casarnos y de que voy a dejar mi trabajo, pero cuando me niego a un panorama tan poco apetecible, tú te comprometes inmediatamente con otra mujer. Eso solo confirmó lo que ya sabía sobre lo provisionales que son las relaciones.

Todo volvía a lo mismo y se dio cuenta de que había llegado el momento de que le contara la verdad sobre su compromiso con Kalila. Sin embargo, si se lo contaba, todo habría acabado y no estaba dispuesto a renunciar a ella sin luchar.

–Creía que nuestra relación había terminado.

–Y no tardaste mucho en reponerte, ¿verdad? Si me querías tanto, ¿por qué le pediste a Kalila que se casara contigo?

–No se lo pedí. Nuestro matrimonio lo organizó el Consejo. Fue el trato que hice con mi padre.

Eso era verdad, solo faltaba un detalle.

–¿El trato?

–Le dije que quería casarme contigo –él se sentó a su lado y ella, afortunadamente, no se levantó de un salto–. Él predijo que no aceptarías.

–Siempre dije que tu padre era muy sabio, pero no entiendo que lo supiera sin consultármelo.

–Te conoció. Lo fascinaste como fascinas a todo el que te conoce, pero también vio los inconvenientes. Es posible que viera cosas que yo no quería ver. Me avisó de que sería un sacrificio excesivo para una mujer como tú, como ocurrió. Como no podía casarme contigo, me daba igual casarme con cualquiera. Permití que decidieran lo que quisieran.

Se hizo un silencio absoluto y ella lo miró a los ojos.

–Podrías haberte negado.

No podía haberse negado. Mal notó la tensión en los hombros.

–¿Por qué? Tengo que casarme, eso es ineludible. Mi padre no tiene una salud muy buena, pero bajo su mandato Zubran ha alcanzado un grado de estabilidad y prosperidad sin precedentes. Nuestra economía es sólida y yo estoy asumiendo cada vez más sus funciones. En algún momento, seré el responsable del futuro de mi país. Es una responsabilidad enorme, pero estoy preparado –Mal tomó aliento–. Sin embargo, esa perspectiva habría sido más placentera si hubiese podido planteármela contigo al lado. Eso era lo que quería.

Algo parecido al asombro destelló en los ojos azules de ella, que se sentó sobre sus piernas.

–¿Me lo dices ahora? ¿Por qué no me lo dijiste antes?

–Porque habrías salido corriendo más deprisa que un caballo del Derby de Zubran.

Ella esbozó una sonrisa vacilante. Él no podía mirar esos labios sin desear besarlos.

–Entonces, ¿sufriste cuando rompimos?

–Muchísimo.

–Perfecto –los ojos de ella brillaron–. Si fue un infierno para mí, no habría podido soportar que tú salieras tan contento.

–Te aseguro que no fue así. Te pedí que organizaras la boda en un intento desesperado de conseguir alguna reacción por tu parte. Una parte muy remota de mí todavía esperaba que sintieras algo por mí y supuse que si sentías algo por mí, te negarías a aceptar el encargo porque te costaría demasiado preparar la celebración de mi boda con otra mujer.

–No puedo creerme que me lo pidieras. Fue espantoso, algo propio de una mente enferma.

–O propio de un hombre desesperado –él alargó el brazo por el respaldo del sofá–. Esperé que si te obligaba a comunicarte conmigo, acabarías reconociendo lo que sentías.

–¿Creías que iba a destrozar la relación de otra persona? La verdad es que no me conoces muy bien. Nunca tocaría a un hombre comprometido con otra mujer.

–Kalila quería esa boda tan poco como yo. Seguramente, se habría alegrado de que yo me hubiese echado atrás porque así no habría tenido que hacerlo ella exponiéndose a la ira de su padre. Ya está bien de este asunto. Ya he hablado bastante de Kalila, del pasado y del embrollo que organizamos con algo especial. Quiero hablar de anoche.

–Anoche fue anoche y no cambia nada.

–Anoche vi cómo eres en realidad y me confesaste que soñabas conmigo –Mal la levantó y esa vez, ella no se resistió–. ¿Te había dicho que estás muy guapa con mi camisa?

–Deja de intentar ablandarme –sin embargo, a ella le costaba respirar–. No podemos hacerlo, Mal. Yo no puedo.

Le tembló la voz y él se dio cuenta de lo frágil que era lo que tenía entre los brazos.

–Sí puedes. Es una de esas veces en las que deberías enfrentarte a tus miedos.

Enfrentarse a sus miedos. Él conseguía que pareciera fácil, pero era una de las cosas más aterradoras a las que se había enfrentado.

–¿Crees que voy a arriesgarme a que me hagas daño dos veces? ¿Te parezco estúpida?

–No te hice daño la primera vez, al menos, intencionadamente. Además, tú también tienes parte de culpa por ese fiasco.

–No es un fiasco, es una relación y eso es lo que pasa con las relaciones. Se acaban. La cuestión es cómo –Avery se apartó de él–. La gente empieza con optimismo y cree que nada puede salir mal, hasta que empieza a desmoronarse. El único factor desconocido es cómo y cuándo.

–Eso es lo que dice tu madre, la abogada especializada en divorcios.

–¿Pagaste a alguien para que indagara en mi vida?

–No. Te indagué yo, pero no debería haber tenido que hacerlo. Llevábamos un año juntos y creo al menos que deberías haberme confiado la información más elemental sobre tu familia, pero no encontré nada sobre tu padre.

–¿Qué importa mi familia? Estabas conmigo, no con mi madre.

–Podría haberme ayudado a entenderte. ¿Eres tan cautelosa con las relaciones por su profesión? ¿Por eso no nos presentaste?

–No llevo a la gente a casa para que conozca a mi madre. No tenemos una de esas relaciones encantadoras entre madre e hija que van juntas de compras y se hacen la manicura. No te habría recibido bien, me habría prevenido contra ti. Mi madre considera que una relación que dura más de unos meses en una conducta irresponsable. Además, que seas príncipe no te habría dado más puntos precisamente. Si hay algo que mi madre detesta más que a un hombre es a un macho dominante. Deberías agradecerme que no te la presentara, fue para protegerte.

–¿Crees que necesito protección?

Mal se puso unos pantalones, pero su torso moreno y musculoso siguió desnudo. Avery estuvo a punto de perder el hilo de la conversación.

–De acuerdo, quizá fuese para protegerme a mí.

–Parece una mujer imponente.

–Imponente y hecha un lío. Más que yo si puedes imaginártelo. Puedo ver sus defectos, pero eso no quiere decir que desdeñe todo lo que cree porque yo también creo algunas de esas cosas. Cuando rompimos, yo me quedé desorientada –le aterraba pensar que había estado a punto de perder su empresa–. No puedo hacerlo, Mal. Mi empresa me da independencia, es mi vida y no voy a renunciar a ella. Estaríamos locos si solo pensáramos en repetirlo porque acabaría igual.

–No. Esta vez estamos siendo sinceros. Esta vez vamos a entendernos y a encontrar la solución –él no dejó de mirarla–. Te amo.

Ella se sintió ligera por dentro, como si pudiera volar y bailar en el aire.

–¿Me amas?

–Sí. De los pies a la cabeza, hasta a las partes insultantes –él sonrió con cautela–. Sobre todo, a las partes insultantes.

Avery se llevó una mano a la garganta. Era el momento en el que debería decir esas dos palabras que no le había dicho a ningún ser humano. Dos palabras que, según su madre, convertían a una mujer en una estúpida.

–Yo... –las palabras se le amontonaba en la boca como si su cuerpo estuviera librando una batalla definitiva–. Yo...

–¿Tú...?

Él la miraba expectantemente y ella se sintió como si estuvieran estrangulándola.

–Yo necesito tomar al aire. ¿Podemos ir a montar a caballo?

Galopar por el desierto montada en un caballo árabe era lo más estimulante del mundo, más que volar. Además, hacerlo con Mal al lado era apasionante, era cuando ella se sentía más feliz. Sin embargo, ¿acaso no se sentía así la gente cuando empezaba una relación? Se puso bien el pañuelo que la protegía de la arena y lo miró.

–¿Te parezco misteriosa?

–No tienes que ponerte el pañuelo para parecérmelo –contestó él con sequedad–. Con pañuelo o sin él, eres la persona más misteriosa que he conocido.

–No sé por qué, pero no me parece un halago.

–Un poco menos de misterio facilitaría las cosas. Deberíamos volver. Vas a quemarte con el sol.

–No me quemaré. Estás hablando con alguien de piel blanca y adicta a la protección solar –sin embargo, Avery se dio la vuelta y azuzó a su yegua–. Esto es maravilloso, pero tengo remordimientos. ¿Sabes cuánto trabajo está esperándome en Londres?

–Trabajas con gente competente. Delega.

–Tengo que volver, Mal.

–Los dos sabemos que tus ganas de volver no tienen nada que ver con el trabajo. Estás asustada. Háblame de tu madre.

–¿A qué viene esa obsesión repentina con mi madre?

–Cuando me encuentro con un problema, empiezo por buscar los datos. ¿Fue su trabajo como abogada especializada en divorcios lo que hizo que fuese escéptica sobre las relaciones y fue su escepticismo sobre las relaciones lo que hizo que fuese abogada especializada en divorcios?

–Siempre fue escéptica.

–No siempre... Conoció a tu padre y tuvo una relación con él.

Avery siguió mirando al frente y sintió el escalofrío que sentía siempre que salía ese tema.

–Créeme, mi madre fue siempre escéptica.

–¿Por eso fracasó su relación con tu padre?

Nunca había hablado de eso con nadie. Ni siquiera con su madre cuando le contó la verdad sobre su padre. La miró fijamente y le gritó que le dijera que no era verdad, que no había hecho eso. Su madre, al ver la conmoción de su hija, se limitó a encogerse de hombros y a decirle que la mitad de sus compañeros de clase no vivían con sus padres, que no necesitaba un padre en casa ni un hombre en su vida, que una mujer podía vivir perfectamente por su cuenta, que ella, su madre, era la demostración y que eso era lo mejor, que confiara en ella. No fue lo mejor cuando tenía una edad en la que cualquier diferencia con los demás se multiplicaba por mil.

–Esos chicos siguen viendo a sus padres –argumentó ella a su madre.

–Pobrecillos. Te he ahorrado el trauma de verte atrapada entre dos padres que se pelean y de crearte un lío emocional. Agradécemelo.

Sin embargo, no pudo agradecérselo. Se habría cambiado por cualquiera de sus compañeros de clase. Su madre quería que se alegrara porque su padre había desaparecido, pero ella quiso un padre en su vida aunque hubiese resultado ser una decepción eterna. Nunca volvió a hablarlo con su madre. Ni siquiera podía pensar en la verdad porque eso la convertiría en real y no quería que fuese real. Se inventó mentiras en el colegio e, incluso, empezó a creerse algunas. Su padre era un próspero empresario que viajaba mucho. Dejó de pedirle cariño a su madre, quien, evidentemente, no podía dárselo, y le pidió dinero, lo único que su madre valoraba y entendía. Lo empleó para darle verosimilitud a sus mentiras. Se compró regalos que le mandaba su padre de sus viajes. La mentira duró hasta que fue adulta y había acabado siendo una adulta competente con inseguridades infantiles. Debería decirle la verdad a Mal, pero había ocultado la mentira tanto tiempo que ya no podía sacarla fácilmente.

—No veo a mi padre. Nunca... Nunca conocí a mi padre.

—¿Sabe que existes? ¿Le contó ella que existes?

Ella se sintió agobiada aunque estaba en la inmensidad al desierto y quiso azuzar a su yegua, pero Mal le agarró las riendas para que no saliera corriendo.

—¿Nunca has intentado ponerte en contacto con él?

—No. También puedo decirte que él no querría saber nada de mí.

—Avery, independientemente de las circunstancias, un hombre querría saber que tiene un hijo.

—No. Hay circunstancias en las que un hombre no querría saberlo y esta es una de ellas. Créeme.

Sin embargo, no esperaba que lo entendiera. A pesar de sus años de desenfreno, o precisamente por ellos, era un hombre que se tomaba en serio las responsabilidades.

—Fueran cuales fuesen los problemas que tuvieron tu madre y él, eso no significa que vosotros dos no podáis tener un lazo. Tu madre te ha puesto en contra de él y creo que eso pasa en las rupturas conflictivas, pero los problemas entre ellos no son los tuyos. Él tiene una responsabilidad contigo.

–No. Soy adulta.

–Al menos, podría contarte su versión de la historia.

–Ya la conozco. Soy feliz así. Ya soy demasiado mayor para meter a un padre en mi vida.

–Eres una mujer inteligente, no entiendo por qué te afecta tanto este asunto. Estás rodeada de relaciones buenas, no sé por qué te fijas solo en la mala.

Avery acarició a su yegua. Eso sí podía hablarlo y quizá se diera por satisfecho.

–No puede decirse que mi madre fuese muy cariñosa. Me animó tanto a que fuese independiente que solo nos veíamos durante la cena. Dedicábamos cinco minutos a repasar mis tareas y luego me hablaba de su trabajo, es decir, escuchaba las mil maneras para que un matrimonio terminara. Me lo contaba todas las noches porque creía que era importante que yo supiera perfectamente cómo podía salir mal una relación. Oí cuáles eran las consecuencias de las aventuras, de la pérdida del empleo, del alcoholismo, del juego, de las adicciones, de la falta de confianza, de la incomunicación... Yo era una de las pocas niñas de cinco años del mundo que sabía la definición legal de «incompatibilidad de caracteres» antes de aprender a sumar.

–¿Alguna vez te contó cómo podía salir bien una relación? –preguntó él en un tono gélido.

Avery miró al frente. Solo se oía el sonido metálico de las bridas de los caballos.

–No –contestó ella–. Nunca me habló de eso.

–¿Tuviste novios?

–Sí, pero nunca los llevé a casa. Ella creía que se podían predecir los motivos para que una relación se rompiera y no habría dudado en señalármelos.

–Te enseñó a identificar los posibles inconvenientes. Cuando te metes en una relación, lo haces predispuesta a que salga mal.

–Supongo, pero dada la considerable proporción de relaciones que salen mal, eso no es tan disparatado como parece.

–Me parece una forma increíble de educar a una hija por parte de una madre sin pareja y no me extraña que seas tan recelosa con las relaciones.

–Ser hija de una madre sin pareja no tiene nada de malo.

–De acuerdo, pero sí tiene mucho de malo que predisponga a su hija contra los hombres por sus propios prejuicios. Creo que tenía la obligación moral de ofrecerte una visión equilibrada de las relaciones. Sobre todo, cuando no tuviste un ejemplo positivo en tu casa. Te pasaste la juventud viendo el lado negativo de las relaciones.

–Sí –fue la primera vez que ella reconoció las repercusiones que había tenido en ella–. Creo que por eso me dediqué a organizar fiestas. El final de las relaciones era aterrador, pero el principio era emocionante. Me encantaban las celebraciones por todo lo alto, las posibilidades...

–¿Las posibilidades?

–Sí. Aunque fuesen a corto plazo. Sé que la gente es feliz en mis fiestas aunque solo sea un rato. Por cierto, supongo que querrás cancelar tu fiesta...

Ella agarraba las riendas con las manos sudorosas, pero decidió que era por el calor. Él la miró fijamente con esos ojos que hacían que las mujeres perdieran el sentido de la realidad.

–No. Todavía, no.

–Pero...

–Tú fuiste quien quiso montar a caballo –Mal azuzó a su caballo–. Vamos.

HICIERON el amor en la piscina privada a la luz del atardecer y luego cenaron mirando las dunas. No habían conseguido pasar así suficiente tiempo. El frenesí de sus vidas había impedido que tuvieran la intimidad necesaria para tener confianza el uno en el otro.

–Estás muy guapa con ese vestido.

Él levantó su copa con el champán favorito de ella.

–Te creerás muy listo por haberlo conseguido en mitad del desierto.

–Listo, no, afortunado. Afortunado por tenerte aquí para que lo lleves, lo del vestido fue fácil –nunca había estado tan inseguro sobre una mujer–. No estaba seguro de que fueses a quedarte.

–¿El príncipe no estaba seguro de algo o de alguien? Tiene que ser algo desconocido para ti.

Ella lo miró con ojos provocadores y él tuvo que hacer un esfuerzo para contenerse. Era esencial no precipitarse, ya se precipitó una vez.

–Sí, es una novedad –reconoció él con una sonrisa–. Una novedad que no me gusta.

–¿Sabes lo que te pasa? –ella se inclinó hacia delante con la copa en la mano–. Has tenido una vida demasiado fácil. Tu pasado de playboy te ha malcriado.

–Mi padre y mi difunto tío habrían estado de acuerdo contigo, pero os habríais equivocado.

Ella dejó la copa y se apoyó la barbilla en la mano para mirarlo por encima de la mesa.

–¿Cuándo se te ha resistido una mujer?

–Tú lo hiciste.

Avery se incorporó y se puso las manos en el regazo. El brillo de sus ojos dejó paso a la cautela que siempre estaba al acecho.

–No te gusta que te lleven la contraria. Siempre tienes que salirte con la tuya. Probablemente, todo se trate de eso.

–Eso no es lo que está pasando aquí y lo sabes.

–¿Alguna vez has tenido que hacer un esfuerzo con una mujer?

–¿Lo preguntas en serio? Si es así, ya sabes la respuesta.

Ella captó la ironía en su tono y miró su copa.

–Eres un hombre complicado, Mal.

–Lo dice una mujer famosa por mantener sus relaciones superficialmente.

–Una estrategia prudente. No lo hice contigo y mira el resultado.

–Todas las relaciones tienen momentos espinosos.

–Bueno, tendrás que perdonarme si no quiero ser otro barco que naufrague en tus costas.

Ella lo dijo con desenfado, pero sus ojos reflejaban una desolación que le encogió el corazón. Entonces, supo que tenía que arriesgar más si quería algo de ella.

–Siento haberte hecho daño, no fue mi intención.

–No sé si eso lo mejora o lo empeora.

–Lo mejora. Estaba muy enamorado de ti –le costó mucho reconocerlo porque lo habían criado para no expresar sus sentimientos–. Nunca había sentido eso por una mujer. Me aterraba tanto como a ti porque lo cambiaba todo, no estaba preparado.

Ninguno de los dos había hecho caso a la comida, que permaneció intacta en la mesa.

–Yo sé... –ella vaciló–. Necesitabas una esposa virgen.

–Te necesitaba a ti –replicó él tajantemente–. Te necesitaba desde que te conocí al mando de aquella celebración descomunal y tan fría que si te hubiera puesto un cubito de hielo encima, no se habría derretido. Era muy cuidadoso al elegir la mujer con la que estaba.

–Tu fama dice lo contrario.

–Mi fama solo dice una parte de la historia.

Ella volvió a mirar la copa.

–Mal, me quisiste porque no me impresionaron ni tu categoría ni tu cuenta corriente. Eso me disuadió porque los hombres que había conocido como tú solían pensar que tenían carta blanca en lo relativo a las mujeres. Me resistí y fuiste tan arrogante que te parecí un desafío.

–¿Arrogante? ¿Eso te parece arrogancia? Efectivamente, hubo mujeres, siempre habrá mujeres deseosas de mezclarse con los ricos y famosos, pero eso solo es una parte de la vida que llevé. Hay otra parte... –él se calló porque nunca había sido tan sincero–. La parte en la que tus decisiones casi nunca son tuyas y la parte que exige que sirvas a los demás por encima de tus deseos y tu intimidad. Quieres confiar en la gente y cuando confías te equivocas y aprendes que la confianza es un lujo que solo se permiten otros. Es una lección dolorosa, pero aprendes que solo puedes confiar en tu familia más cercana.

Ella estaba muy quieta y escuchaba con una expresión seria.

–Mal...

–Aprendes lo que es estar solo en la vida y te ves obligado a aprender a confiar en tus decisiones. Eso no es fácil. Al principio tienes miedo de que esas decisiones sean equivocadas, esperas que el mundo se desmorone y que todos se den cuenta de que no por ser un príncipe sabes lo que estás haciendo. Quieres pedir consejo, pero no te atreves porque sería un error político mostrar esa falta de confianza en ti mismo. Vuelves a recordar que no puedes confiar en los demás. Entonces, tomas las decisiones solo y aprendes a no dudar porque cuando lo haces, la gente pierde la fe en ti. ¿Eso es arrogancia? —la miró a los ojos y se preguntó si eso tendría sentido para ella—. Yo creo que es el resultado de toda una vida tomando decisiones solo.

Ella se quedó un rato en silencio, hasta que esbozó una levísima y vacilante sonrisa.

—Bueno, eso me pone en mi sitio. Nunca me lo habías contado.

—No, y debería haberlo hecho. Cuando discutíamos, era yo mismo, como no lo había sido jamás. Confiaba en ti —Mal le tomó una mano por encima de la mesa—. Me planteaba algo que siempre me había parecido inalcanzable. Podía compartir mi vida y mi porvenir con alguien, podía amar y conocía a alguien que podía soportar la vida que llevaba. Por una vez, lo que yo quería coincidía con lo que quería mi padre para mí. Tomé la decisión como había tomado todas las decisiones; por mi cuenta. Se lo conté a mi padre y me respaldó.

—Estabas seguro de mí.

—Estaba seguro de que me amabas tanto como yo a ti, aunque no me lo hubieses dicho. Estaba a punto de decirte lo que sentía y de pedirte que te casaras conmigo... —Mal sintió un arrebato de desesperación al recordarlo—. Tenía en anillo en el bolsillo la noche que me encontré con Richard y me provocó. Creí que tú y él...

—Tengo mejor gusto para los hombres...

—Lo sé. Me excedí y me costó la única relación que me habría salido bien.

–Ese no fue el motivo –ella se soltó la mano y se dejó caer contra el respaldo–. Me educaron para que creyera que el matrimonio estropeaba las relaciones, que era algo que solo suponía un sacrificio personal, que estar con un hombre suponía renunciar a una parte de ti misma. Intenté no tenerlo en cuenta, intenté convencerme de que no siempre pasaba eso y empecé a creerlo contigo... –volvió a mirar las burbujas del champán y luego lo miró con la sinceridad reflejada en los ojos–. Sin embargo, cuando contesté aquella llamada de Richard no la tomé como un intento de separarnos, sino que permití que aumentara mis inseguridades. Puedes encontrar evidencias si te lo propones y eso me pareció la evidencia de que nuestra relación no podía prosperar, de que estabas adueñándote de mi vida. Querías que dejara el trabajo. Yo estaba esperando un motivo para salir corriendo y él me la dio.

–Yo te la di. Ahora lo veo. Estaba tan acostumbrado a tomar decisiones por mi cuenta que no te dije lo que pensaba y fue un error fundamental con una mujer como tú. Subestimé tus inseguridades y... sobrevaloré tus sentimientos hacia mí.

–Es posible que lo primero sea verdad, pero lo segundo, no –ella lo miró con una sonrisa vacilante–. No los sobrevaloraste. Los sentía y acertaste, pero esos sentimientos no bastaron para superar mis inseguridades.

–¿Y ahora? ¿Esos sentimientos bastan para superar todo lo que te enseñó tu madre?

Ella se levantó repentinamente y fue hasta el borde de la piscina. Estaba de espaldas a él, como un animal inquieto.

–No lo hagas, Mal.

–Estoy haciéndolo.

Ella se rodeó con los brazos aunque hacía un calor agobiante.

–¿Por qué no puedes dejarlo como está? ¿Por qué tiene que ser el matrimonio?

–Porque yo no puedo hacer otra cosa. Sin embargo, a mí no me parece que el matrimonio sea algo negativo. Te amo y eres la única mujer con la que quiero vivir. Por eso, el matrimonio me parece lógico.

Él también se levantó, pero ella se limitó a mirarlo por encima del hombro como si estuviera pensando si quedarse era seguro o si debería echar a correr.

–Soy una mujer independiente...

–Eres una mujer asustada.

Él le rodeó la cintura con las manos y la atrajo hacia sí. Ella no se apartó.

–Es hora de que distingas entre lo que te dijo tu madre y lo que sabes que es verdad. Te amo. Tienes que creerte que te amo. Quiero que te cases conmigo.

Él notó que el miedo se adueñaba de ella, pero siguió abrazándola. Ella le puso una mano en el pecho como si fuese necesario mantener cierta distancia hasta en esa conversación tan íntima.

–¿Quieres acabar definitivamente con lo que tenemos?

–No tiene por qué. Eso no nos pasará a nosotros.

–Eso dice la gente. Hacen promesas, se intercambian anillos y creen que durará, pero las relaciones fracasan constantemente. ¿Cómo puedes saber lo que querrás o sentirás en el futuro?

–¿Tuviste miedo de fracasar cuando creaste tu empresa? ¿Alguna vez pensaste que quizá fuese mejor no intentarlo para no fracasar?

–No, claro que no, pero es distinto.

–Todos los días fracasan empresas, *habibti*. Si la tuya hubiese fracasado...

–Yo no habría dejado que fracasara.

–Exactamente. No habrías dejado que fracasara. Por eso prospera en esta situación económica. Por tu empeño, porque cuando algo va mal, lo afrontas, te adaptas, pactas... Aportarás todo eso a nuestro matrimonio y saldrá bien.

—El matrimonio es distinto a una empresa.

—Pero se necesitan las mismas cualidades para los dos. Empiezas con una pasión abrasadora que mantiene las cosas vivas cuando surgen los problemas.

Notó que Avery lo sospesaba, que sus palabras se debatían con las creencias de ella.

—Estoy asustada... —ella se tapó la cara con las manos y apoyó la frente en el pecho de él–. No puedo creerme que lo haya reconocido.

—Yo me alegro. Estás siendo sincera. Ahora solo me falta conseguir que reconozcas que me amas –él le agarró las muñecas y le quitó las manos de la cara–. ¿No puedo esperar que algún día me digas esas palabras?

Los ojos de ella tenían un brillo burlón y algo más, algo cálido que él siempre había esperado ver cuando lo miraba.

—No creo que haya que alentar tu vanidad...

Él bajó la cabeza y sonrió mientas la besaba.

—Inténtalo. Vamos a ver qué pasa.

—Somos demasiado distintos, queremos cosas distintas.

—Yo te quiero a ti y tú me quieres a mí. ¿Qué tiene eso de distinto?

—Querrías que dejara el trabajo.

—No, al menos, en el sentido que tú lo dices. Eres una maestra de la organización y por eso salen tan bien tus fiestas. Puedes hacerte cargo de un millón de proyectos a la vez. Dominas las relaciones sociales, eres guapa, equilibrada, generosa y cariñosa. Son las cualidades perfectas para la esposa de un sultán.

—¿Estás pidiéndome que me case contigo u ofreciéndome un empleo?

–Todavía no te he pedido que te cases conmigo. A eso voy.

–Ah... –ella temblaba entre sus brazos–. Entonces, estás ofreciéndome un empleo. Estás pidiéndome que renuncie a todo y tú a nada.

–Todo depende del punto de vista, *habibti*. Algunos dirían que estoy ofreciéndote todo.

–Tenéis un concepto muy elevado de vos mismo, Alteza. –replicó ella con ironía.

–Estoy seguro de que me curaré de eso si paso la vida contigo –Mal metió una mano en un bolsillo y sacó el anillo–. La última vez lo hice muy mal...

–Si te refieres a la petición de matrimonio, no lo hiciste en absoluto.

Ella lo dijo con desenfado, pero el pánico se reflejaba en sus ojos. Él le tomó la cara entre las manos y la besó con delicadeza.

–Respira.

–Estoy respirando.

–Quiero que te cases conmigo no para arruinarte la vida, sino para que seas feliz.

–Eso es arrogancia, Alteza –ella miró el anillo–. ¿Es el de Kalila?

–Estoy dispuesto a reconocer que no he sido muy sensible con tus sentimientos, pero ni siquiera yo sería tan bruto de regalar a una mujer el regalo que le compré a otra. Era de mi abuela –él esperó para ver su reacción–. Ella tuvo un matrimonio largo y feliz. A lo mejor es un augurio...

Ella lo tomó con cuidado y lo giró para que resplandeciera.

–Es magnífico.

–¿Pero te lo pondrás?

Ella vaciló unos segundos que a él le parecieron una eternidad.

–Es enorme.

–¿El diamante o el compromiso?

–Las dos cosas.

Sin embargo, ella esbozó la sonrisa que él había estado esperando y Mal le puso el anillo.

–No es enorme, te queda bien, *habibti*. Es un presagio.

–No creo en los presagios y tú tampoco.

–Pero sí creo en nosotros y quiero que tú también creas. ¿Te casarás conmigo?

Él le inclinó la cara y ella lo miró. Nunca la había visto tan vulnerable.

–Sí, pero si me haces daño, te mataré.

–Me parece justo.

Él se rio y aunque no le había dicho que lo amara, decidió que tendría que tener paciencia.

Pasaron dos días más en el desierto y solo se levantaron de la cama para comer, bañarse y montar a caballo. Avery sintió el peso del anillo todo el tiempo, como sintió la presencia de él con una mezcla de emoción y miedo. La maquinaria del palacio ya se había puesto en marcha para que se convirtiera en su esposa y aunque eso la desasosegaba, también lo entendía.

–¿No les importa que no sea Kalila?

–Hay algunas cosas de Kalila que no sabíamos. Me han dicho que se casó con su guardaespaldas a las pocas horas de que nos marcháramos.

–¿Qué...?

–Habría preferido que esperara para que yo pudiera hacerme responsable de ella, pero supongo que tuvo miedo de que su padre pudiera evitarlo.

–También es posible que quisiera ser responsable de sus decisiones. ¿Qué hará su padre?

–No puede hacer gran cosa. Rafiq está ocupándose de que vayan a Zubran por el momento. Sin embargo, ahora no quiero hablar de Kalila. Prometo que no le pasará nada por lo que ha hecho –Mal la besó–. Si vamos a hablar de una boda, quiero que sea de la nuestra. ¿Piensas invitar a tu madre? –le preguntó él con despreocupación, aunque eso era imposible al hablar de su madre.

–No. Ya te dije que no estamos en contacto.

–Quizá la boda fuera una buena ocasión para reconciliaros.

–Te aseguro que nadie invitaría a mi madre a una boda si quiere que sea un acontecimiento feliz.

–¿Y a tu padre? Estaba pensando que podría ser el momento de encontrarlo.

–No –contestó ella con frialdad y apartándose–. Te daré mi lista de invitados.

–En otras palabras, no quieres hablar de tu padre.

–Efectivamente –ella se levantó y se puso una bata de seda–. No todas las familias son como la tuya, Mal. Me gustaría que intentaras entenderlo.

Avery fue al cuarto de baño y se encerró. Se apoyó en la puerta y cerró los ojos. ¿Era el principio? ¿Sería una grieta que iría agrandándose hasta que solo quedara un abismo?

–No va a pasar lo que estás pensando –dijo él desde la otra puerta.

Ella sintió un arrebato de rabia consigo misma por haberse olvidado de la otra puerta.

–Por favor, dime que el cuarto de baño del palacio no tiene dos puertas.

–No, pero si no dejas de tirar por tierra lo que estamos levantando, derribaré las paredes y viviremos en un espacio abierto. Sé por qué te has marchado de la cama y no volveré a hablar de eso. Si no quieres buscar a tu padre, es una decisión tuya, pero si alguna vez cambias de opinión, dímelo. Utilizaré mis contactos para saber la verdad.

Ella ya sabía la verdad, pero el remordimiento por no decírsela fue esfumándose entre los besos de él. Sin embargo, unas horas más tarde, mientras estaban tumbados en la oscuridad, se dijo que daba igual, que la sensación de que estaba engañándolo no la había abandonado y seguía teniéndola cuando por fin aterrizaron en Zubran City.

El palacio, la residencia oficial del sultán, era un laberinto de patios, techos altísimos y opulencia construido a orillas del Golfo Pérsico. Había organizado fiestas en los sitios más lujosos y refinados del mundo, pero ninguno la había dejado tan boquiabierta como ese. El palacio era precioso, pero lo que más le encantó fueron los jardines de agua, que eran un refugio para el calor del desierto. Allí se escapaba del caos y la locura de la organización de la boda, donde, al parecer, no la necesitaban. Aunque, acostumbrada a llevar las riendas, le resultaba raro no tener nada que hacer en lo que iba a ser el acontecimiento más importante de su vida.

Mientras Mal atendía asuntos de Estado, ella voló a Londres para ver a clientes y ocuparse de cosas que Jenny no podía resolver. Su amiga, en vez de estar preocupada por su boda con Mal, estaba encantada. Hicieron algunos cambios en la dirección de la empresa y Jenny se encargó de los aspectos más cotidianos. Volvió a Zubran con la certeza de que la empresa estaba en buenas manos y sintiéndose un poco innecesaria. Era una sensación extraña. Le encantaba su trabajo y estaba orgullosa de lo que había logrado, pero sabía que para ella no era solo una manera de ser independiente, era un escudo para su intimidad. Había tenido miedo de entregarse, de confiar, y su madre habría dicho que eso era lo sensato. Avery habría estado de acuerdo hasta hacía unas semanas. Antes de darse cuenta de lo maravilloso que era amar y que la amaran. Estaba segura de que Mal la amaba. La amaba tanto que estaba ansioso de casarse. Estaba seguro de sí mismo y de ella y eso hacía que se sintiera querida como no se había sentido jamás. La única contribución de su madre había sido enseñarle que era preferible vivir sola. Nunca había hablado de la plenitud de una vida compartida y ella estaba empezando a apreciarlo.

Diez días después de volver al palacio, estaba bebiendo café y leyendo un documento que le había mandado Jenny en su sitio favorito cuando apareció Mal.

–Todo el palacio está buscándote.

–No estaba escondida –ella cerró el documento–. Me gusta el sonido del agua.

–Los jardines fueron un regalo de boda para mi madre. También la gustaba el sonido. Me contó que era donde podía encontrar paz en medio de la locura de palacio y de su vida.

–Puedo entenderlo. Es muy relajante.

–¿Necesitas relax? ¿Estás estresada?

Se sentó al lado de ella. Parecía cansado. Desde que llegaron a Zubran, no había parado de tener reuniones interminables con el Consejo o con su padre.

–Debería estar estresada. Todavía no puedo entender que no salga corriendo de solo pensar en el matrimonio –contestó ella con una sonrisa y dándola vueltas al anillo en el dedo.

–No sabes cuánto me alegro de que no hayas salido corriendo.

Mal le tomó una mano.

–Confió en ti y te amo –ella le apretó la mano y sonrió–. ¿Has oído? He dicho «te amo». Acabo de repetirlo. Ya son dos veces en pocos minutos. Estoy aficionándome...

–Es una cuestión de práctica.

–De confianza. La confianza es como una puerta. Siempre había dado por supuesto que si la mantenías cerrada, estarías a salvo. Sin embargo, ahora veo que si la abres, pueden entrar cosas buenas. Cosas que no había sentido antes.

–Avery...

–Aunque estuvimos un año juntos, no me di cuenta de la responsabilidad que tienes. No entendí la presión. Todo el mundo tira de ti y tienes que atender a un montón de cosas, todo el mundo espera que tomes una decisión. Ahora entiendo tu reacción cuando el abominable Richard intentó provocarte. Ya habías tomado la decisión. Fuiste resolutivo porque me amabas.

–Te amo –él le tomó la cara entre las manos–. No lo olvides. Tu destreza para organizar fiestas... ¿también puede aplicarse a fiestas de niños? –le preguntó él mientras se levantaba.

–¿Quieres celebrar una fiesta para niños?

–Mi madre patrocinaba una organización benéfica para que todos tuvieran educación. Todos los años celebramos una fiesta enorme. Reconozco que no sirvo para eso.

Avery, complacida por poder hacer algo, sonrió.

–Cambia el día –Mal miró a los ancianos del Consejo–. Puede retrasarse una semana.

–Alteza, no podemos. Sabéis que las circunstancias no nos dan ese margen.

Lo sabía. Llevaba una década viviendo con esas circunstancias. También sabía cómo reaccionaría Avery si descubría qué significaba esa fecha. Entonces, se abrió la puerta y apareció ella con los ojos como ascuas. Supo que ya lo había descubierto. Se miraron a los ojos y él

se levantó. El arrepentimiento se le mezcló con la decepción y la impotencia. Si hubiesen tenido un poco
más de tiempo para que se afianzaran los débiles lazos
de la confianza...

–Dejadnos –le pidió a los integrantes del Consejo.

Ellos se levantaron inmediatamente y se miraron con
preocupación mientras salían de la sala. Él sabía que habría habladurías, pero le daba igual. Lo único que le importaba era la mujer que lo miraba a los ojos. Ella entró
y los tacones retumbaron en toda la estancia. Había ido
a rechazar su papel como amante, esposa y princesa. La
puerta se cerró.

–Estaba organizando la fiesta cuando tuve una conversación muy esclarecedora con una empleada del palacio. ¿Ibas a decírmelo?

–Tenía miedo de que lo interpretaras mal.

–Eso no es una respuesta. ¿Ibas a decírmelo?

–Esperaba no tener que hacerlo.

–Si no lo hubiese descubierto, ¿no habrías hecho
nada?

–No, porque no tiene nada que ver con mis sentimientos. No tiene nada que ver con nosotros.

–Pero tiene todo que ver con nuestro matrimonio,
¿no? –susurró ella con amargura–. Me pediste que confiara en ti y confié. No lo había hecho jamás, pero di el
salto contigo.

–Avery...

–Me contaste muchas cosas de ti, pero no me contaste lo más importante, ¿no? Que tienes que casarte antes de que acabe el mes. Al parecer, lo sabía todo el
mundo menos yo. Cuando tenía dudas, pensaba que estabas ansioso por casarte y que eso demostraba tu amor.

–Es verdad. Te amo y estoy ansioso por casarme.

–Pero si estás ansioso no es por tus sentimientos, es
por las condiciones del testamento de tu tío.

–Nunca oculté que tuviera que casarme.

–No, pero hiciste que pareciera algo genérico, no algo concreto. No mencionaste el testamento ni que tenías que tener esposa en una fecha concreta. Daba igual quién fuese la esposa, ¿verdad? Necesitabas una esposa para cumplir las condiciones del testamento de tu tío.

–Lo repito, eso no nos afecta.

–Entonces, cambia la fecha.

–No lo entiendes –replicó él sin decirle que eso era lo que había intentado hacer.

–Entiendo que yo era un títere, como Kalila.

–Es verdad que Kalila fue un intento del Consejo de cumplir las condiciones del testamento de mi tío, pero supo el motivo del matrimonio desde el primer momento.

–¿Se lo dijiste a ella y no a mí?

–Las circunstancias eran distintas. Ese era el único motivo para casarme con ella.

–No me extraña que se largara –replicó Avery levantando la barbilla–. Lo que no entiendo es que fueses capaz de decírselo a ella y no a mí.

–Fui sincero sobre los motivos de mi matrimonio con ella y lo fui contigo.

–No es verdad.

–Sí lo es. El motivo para casarme contigo era el amor, pero como nunca creíste en ese amor ni en nosotros, no me atreví a contarte las condiciones del testamento de mi tío. Decidí que te lo contaría cuando hubiésemos estrechado el lazo de nuestra relación, cuando estuviese seguro de que nuestra relación podía soportar una confesión así.

Ella se quedó muy quieta mientras lo asimilaba y con la respiración entrecortada.

–Deberías habérmelo dicho.

–Aparte de decirlo o no, el testamento de mi tío no

afectaba a nuestro porvenir. Me habría casado contigo en cualquier caso. El momento es lo de menos.

–No es lo de menos, ¿no?

–Te contaré una historia para que lo juzgues –Mal se dirigió hasta una ventana–. Mi abuelo tuvo dos hijos gemelos. Su sucesor era el mayor, claro, pero nadie supo quién era el mayor.

–No lo entiendo.

–Hubo una complicación durante el parto y todos se preocuparon tanto por la madre que la comadrona no supo qué gemelo había nacido antes. Puede parecerte algo sin importancia, pero te equivocarías. Mi abuelo, al no encontrar otra solución, dividió Zubran y dio una mitad a cada hijo con la condición de que su primer nieto sería el sucesor y volvería a unir al país. Ese fui yo. Mi tío no tuvo hijos, pero estaba muy preocupado por lo que consideraba mi vida disipada. Mi padre intentó tranquilizarlo y le decía que solo era lo que hacía un joven normal. Discreparon un tiempo, pero acabaron llegando a un pacto. Mi tío accedió a nombrarme su sucesor si me había casado antes de cumplir treinta y dos años. Si para entonces no había sentado la cabeza, la sucesión pasaría a un primo lejano.

–Y el país seguiría dividido.

–Efectivamente. Siempre supe que tendría que casarme para que Zubran se uniera otra vez, pero también supuse que sería un matrimonio político. He conocido a muchas mujeres, pero a ninguna con la que me habría gustado vivir para siempre. Hasta que te conocí.

–¿Por qué no me lo dijiste antes? –le preguntó ella mirándolo a los ojos.

–Si te hubiese dicho que tenía que estar casado a los treinta y dos años, ¿habrías escuchado algo más? Siempre has estado buscando evidencias de que todas las relaciones están condenadas al fracaso. Dime que no lo habrías interpretado como una señal de que te quería por un motivo nada sentimental, como estás haciendo ahora. Te habría perdido al primer día y no quería. Me callé y esperé que si algún día los descubrías, nuestra relación fuese lo bastante profunda para que confiaras en mí. Efectivamente, la fecha límite está a la vuelta de la esquina y a mi padre y a mi pueblo les importa que Zubran vuelva a ser un país unido. También me importa a mí. Sin embargo, nada de eso afecta a lo que siento por ti y por eso no te lo dije.

–Y si no hubiese querido casarme, ¿qué habría pasado?

Era una pregunta que habría preferido que no le hubiera hecho, que ni siquiera había querido hacerse a sí mismo porque solo había una respuesta.

–Me habría casado con otra mujer. Cuando eres rico e influyente, siempre hay alguien dispuesto a sacrificar los sentimientos. Ahora te marcharás y lo añadirás a tu arsenal de motivos para decidir que nuestro matrimonio habría salido mal. Oirás la voz de tu madre que te advertía que un hombre que necesita casarse es un hombre cuyo matrimonio está condenado.

Esperó que ella lo negara, pero ella se quedó en silencio y con un brillo delator en los ojos

–Mal yo...

–¿No has pensado que tu madre podía estar equivocada? Ni siquiera te planteas la posibilidad de buscar a tu padre, pero podría ser útil. Podría aclarar la relación que tuvieron. Quizá no fuese culpa de él, sino de ella. ¿Lo has pensado? Quizá fuese ella quien aniquiló su relación como intentó aniquilar todas las tuyas educándote así.

Ella se quedó pálida, como si le hubiese propuesto algo inaceptable. Mal la miró con una mezcla de desesperación y rabia y se preguntó por qué eso la paralizaba de esa manera. ¿Le daba miedo que si encontraba a su padre, él la rechazara otra vez? Se quedó quieta como si quisiese decir algo, pero sacudió ligeramente la cabeza, se dio la vuelta y fue hacia la puerta. Mal contuvo la tentación de seguirla y cerrar la puerta con llave.

–No se trata de que no te dijera que tenía que casarme en un plazo. Se trata de ti, Avery. Otra vez estás buscando una excusa para huir. Esperas que se destroce como tu madre hizo con tu padre. ¿De verdad vas a aniquilar lo que tenemos como hizo ella?

Esperó que ella se parara y dijera algo, pero siguió andando y él sintió una opresión en el pecho.

–Mañana estaré allí para casarme contigo porque es lo que quiero y porque creo en nosotros a pesar de todo. La cuestión es si tú también crees en nosotros, *habibti*.

Ella se detuvo un instante con la respiración entrecortada, pero volvió a ponerse en marcha y salió de la sala sin mirar atrás.

Capítulo 9

PASÓ la noche en vela. Vio el amanecer y el atardecer sentada sola en el jardín de agua con los pies descalzos y el pelo suelto, refugiada donde a nadie se le ocurriría buscarla, excepto a Mal, pero no lo hizo. Le había dicho que al día siguiente estaría allí para casarse con ella, pero ¿cómo iba a casarse cuando sabía que él tenía que casarse? Eso lo explicaba todo. No era porque la amara, era por el testamento de su tío. No había sido sincero. Miró al palacio. Todas las luces estaban encendidas y un ejército de sirvientes ultimaba los preparativos de la boda del príncipe con la señorita Avery Scott, a la que habían inculcado que una mujer era más fuerte sin un hombre, que la vida era más segura y feliz si la vivía sola, que las únicas garantías y promesas en las que podía creer eran las que se hacía una misma. No había sido sincero con ella, pero ella tampoco lo había sido con él. Entonces, sonó su teléfono y vio que era un mensaje de su madre. Hacía meses que no se hablaban. *He oído el rumor de que vas a casarte. No hagas una estupidez.* Eso era exactamente lo que tenía que ver. ¿Qué había estado pensando? ¿Qué había estado haciendo? No podía volver a pasar por tanto dolor. Miró un rato el mensaje y se puso los zapatos. Ni el sonido de las fuentes podía sosegarla. Su madre tenía razón. Era muy importante que no hiciera una estupidez.

* * *

Encontró a Mal tumbado en el balcón de su dormitorio y aparentemente indiferente al bullicio del resto del palacio. Era porque solo ellos dos sabían que era posible que la boda no se celebrase. La miró de arriba abajo.

–¿Esa es tu decisión? Gracias por decírmela antes de que estuviera delante de mil invitados.

–No he venido por la boda. No he venido a hablar de nosotros. Se trata de mí –ella se fijó en su barba incipiente y en sus ojeras–. Tampoco dormiste anoche.

–Dime lo que hayas venido a decirme, Avery –dijo él en un tono gélido.

–Tengo que hablarte sobre mi padre. Debería haberlo hecho antes, pero es algo que no he hablado con nadie.

Le resultaba aterrador hablarlo en ese momento, pero Mal se había sentado con interés.

–¿Qué quieres decirme de tu padre?

–No se marchó, Mal. No me abandonó ni era un empresario muy próspero que estaba mucho tiempo fuera de la ciudad, que era lo que les decía a mis amigos del colegio. No me da miedo el matrimonio porque el matrimonio de mis padres saliera mal. Eso no fue lo que pasó. El hombre que me engendró nunca formó parte de mi vida ni de la de mi madre.

–¿Fue una aventura de una noche? ¿Tu madre se quedó embarazada por accidente?

–No fue un accidente, mi madre no tiene accidentes, lo calcula todo. La relación con mi padre fue como ella quiso que fuera.

–¿Él aceptó? ¿Le dejó embarazada y no quiso formar parte de tu vida?

El reproche que captó en el tono de él hizo que se sintiera nerviosa. Hizo una pausa para encontrar las palabras adecuadas para no parecer fría y neutra.

–Sin embargo, no pasó como estás pensando. Mi madre no tuvo una relación con nadie. No sé el nombre de mi padre.

–¿Era un desconocido?

–En cierto sentido. No sé su nombre, pero sí sé su código de la clínica.

Él se quedó perplejo y ella no pudo reprochárselo.

–Mi madre usó esperma donado.

–¿Un donante de esperma? ¿Tu madre tenía problemas de fertilidad?

–No, tenía problemas con los hombres. Quería eliminar al hombre del asunto.

Ella lo miró para encontrar la expresión de pasmo, repugnancia o alguna de las emociones que había previsto ver, pero no encontró nada.

–¿No confiaba en los hombres y decidió tener un hijo sola?

–Tampoco –Avery notó un nudo en la garganta–. Ojalá. Al menos, habría sabido que uno de mis padres me había querido. Yo fui otro de los experimentos de mi madre. Estaba decidida a demostrar que una mujer no necesitaba a un hombre para nada, ni para engendrar a un hijo. Estaba decidida a demostrar que podía hacerlo todo por su cuenta y lo hizo. El problema fue que no tuvo en cuenta que su experimento era para siempre. Una vez que demostró lo que quería, se quedó conmigo, aunque tampoco permitió que eso se interpusiera en su forma de vida.

Mal se levantó y ella retrocedió sacudiendo la cabeza.

–No digas nada. Tengo que terminar de decirlo ahora o no lo diré nunca. No lo había dicho nunca y... y me cuesta porque estoy acostumbrada a tener confianza en mí misma, la tengo en mi trabajo, pero no en esto.

–Avery...

–Mi infancia no se pareció nada a la tuya. Tu familia era una piña. Tú tuviste dos padres, primos y tíos. Estabais unidos aunque discreparais. Estoy segura de que tuviste muchas presiones, pero las compartías. Estoy segura de que ser príncipe es solitario algunas veces, pero, aun así, sabías que estabas rodeado de gente que te quería. Sabías quién eras y lo que se esperaba de ti.

Él abrió la boca, pero vio su mirada de desesperación y volvió a cerrarla.

–Yo no tuve nada de eso. De puertas afuera, mi familia parecía normal. Una madre sin pareja, pero como muchas otras. Oculté la verdad sobre mi padre porque me avergonzaba que mi madre no pudiera mantener una relación ni para acostarse con alguien, pero lo que me afectó de verdad no fue que no tuviera padre, sino que tampoco tuviera madre. Solo tenía una mujer que me enseñó a ser una versión de ella.

–Avery...

–La odiaba casi todo el tiempo –era la primera vez que lo reconocía–. No daba cariño porque le parecía una debilidad. No participaba en mi vida. Comíamos juntas y me hablaba de su trabajo y de lo afortunadas que éramos por haber evitado esa relación traumática. Yo juré que no iba a ser como ella, que mis relaciones serían normales, pero había hecho bien su labor y cada vez que empezaba una relación solo me preguntaba cómo acabaría. Me enseñó a vivir sola. No me dijo cómo se vive con otras personas y nunca me importó. Hasta que te conocí.

–¿Por qué no me lo contaste antes? –él la abrazó y ella no se resistió.

–Porque lo he mantenido en secreto durante mucho tiempo para todo el mundo y tú me importabas más que nadie. Me daba miedo que pudiera destrozar lo que teníamos. Me daba miedo que si sabías la verdad, ya no me quisieras. Tú sabes quién eres. Tus antepasados son sultanes y príncipes desde hace siglos. Yo... yo ni siquiera sé quién soy. Soy el resultado de un experimento de mi madre.

Él le tomó la cara entre las manos y apoyó la frente en la frente de ella mirándola a los ojos.

—Eres la mujer que amo. La única mujer que quiero.

Ella no se había atrevido a esperar que oiría eso.

—¿Aunque lo sepas? —ella se dio cuenta de que tenía las mejillas mojadas y se las secó con la mano—. Estoy llorando. Nunca lloro.

—No voy a casarme contigo por tus antepasados. Voy a casarme contigo por lo que eres y lo que serás. Eres una mujer muy sexy, inteligente y con talento que será una princesa perfecta. Me da igual tu pasado si no afecta a nuestro futuro. ¿Puedes olvidarte de todo lo que te enseñó tu madre y creer en nosotros o vas a marcharte?

—Anoche me mandó un mensaje. Se había enterado de que iba a casarme y me dijo que no hiciese una estupidez. Me di cuenta de que tenía razón. Es importante no hacer una estupidez y la estupidez sería no casarme contigo. Sería la mayor estupidez de mi vida.

—Avery...

—Te amo. Por eso me arriesgué contigo la primera vez y por eso estoy aquí ahora. Es verdad que me enfadé cuando me enteré de que tenías que casarte en una fecha, pero, una vez sola, tardé unos segundos en darme cuenta de que todo lo que me dijiste tenía sentido. Además, yo tengo parte de culpa de que no me lo dijeras porque estoy mal de la cabeza. Creo que me amas, pero cuando has estado tanto tiempo considerándote imposible de amar, es difícil no dudarlo. Te amo de verdad y si todavía me quieres, me gustaría casarme contigo.

—¿Que si todavía te quiero? —la abrazó con tanta

fuerza que la dejó sin respiración–. Nunca lo he dudado.
Siempre he estado muy seguro y por eso lo embrollé
todo la primera vez –la apartó un poco y le secó las lágrimas con los pulgares–. Ahora lo entiendo. Me acu-
saste de arrogancia y es posible que fuera verdad, pero,
sobre todo, fui culpable por estar demasiado seguro de
nosotros. Sabía que éramos una pareja perfecta.

–Me alegra oír que me consideras perfecta.

Ella se rio y él sonrió, pero fue una sonrisa vacilante,
la sonrisa de alguien que había estado muy cerca de perder todo lo importante.

–Eres perfecta para mí.

–Nunca había sentido algo así. Creo sinceramente
que nadie me había querido. Aparte de Jenny y la saco
de quicio casi todo el tiempo...

–No será para tanto porque ha aceptado venir a la
boda.

–¿Ella...? –Avery lo miró fijamente.

–Mi avión aterriza dentro de una hora y ella va dentro. Puede ayudarte a prepararte y tiene instrucciones
de que me avise si dices una sola palabra de duda.

–No la diré.

–¿Y si tu madre te manda otro mensaje?

–No puede. Tiré el teléfono a la fuente. Sin embargo,
me da miedo estropearlo todo. No sé sacar adelante una
relación.

–Lo único que tienes que saber para sacar adelante
una relación es que no puedes tirar la toalla. Dime todo
lo que sientas. Puedes gritar o lo que quieras, pero no
te alejes nunca.

–Mi madre me decía que el matrimonio es un sacrificio, pero parece más un regalo.

–Estoy deseando desenvolverte, *habibti*. Entre tanto,
¿crees que podrías ponerte algo que haga más divertido
desenvolverte? Todo el mundo se quedaría muy desilu-

sionado si viera a la elegante Avery Scott vestida con vaqueros el día de su boda.

Ella lo agarró de la camisa y lo atrajo hacia sí.

–¿Quieres la danza de los siete velos?

–Me parece una manera perfecta de empezar un matrimonio.

–¿Puede saberse adónde vamos? ¿Podría decirme alguien qué está pasando? ¿Jenny...?

–Tú no estás organizando esto, Avery, tranquilízate.

–No soy una persona tranquila –tenía las manos sudorosas a pesar del aire acondicionado de la limusina–. Debería casarme con Mal y agradecería que alguien me dijera por qué estoy alejándome del palacio en este coche con las ventanas negras.

–Es una sorpresa. Eres una mandona, ¿no lo sabías?

–Soy eficiente. Consigo que se hagan las cosas y es difícil celebrar una boda si el novio está en un sitio y la novia en otro. Y, por cierto, tú deberías estar de mi parte.

–Estoy de tu parte. Estás asustada, Avery –Jenny le tomó una mano–. Tranquila. Nunca había visto a dos personas tan hechas la una para la otra como vosotros dos... y he visto varias.

–Yo, no. No he visto ninguna.

–Están Peggy y Jim. Llevan casi sesenta años. Ya no les quedan dientes, pero eso no ha sido un obstáculo para que fuesen felices. Rose y Michael también acaban de celebrar sesenta años.

–¿De qué estás hablando? –le preguntó Avery sin entender nada.

–Es una lista de personas que conozco que llevan más de sesenta años casados para que te olvides de la lista de personas divorciadas de tu madre.

Avery se colocó bien el borde del vestido de novia.

–¿Conoces a todas esas personas?

–Mi tía Peggy las conoce. Viven todos en su residencia.

–Pero... ¿qué tiene que ver con mi boda con Mal?

–Estaba distrayéndote para que no explotaras de miedo.

–¡No tengo miedo!

–Sí lo tienes, pero estás enfrentándote a él y me siento muy orgullosa de ti. Me gustaría abrazarte, pero no quiero estropearte el peinado y el maquillaje –Jenny sollozó–. Ahora seré yo quien se estropee el maquillaje y todo el mundo pensará que tu mejor amiga es un oso panda. Eres afortunada, Avery. Mal es fantástico. Él fue quien se empeñó en todo esto. El palacio ha sido un caos para cambiarlo todo.

–¿Cambiarlo todo? –Avery desconcertada, se dio cuenta de que el coche se había parado–. ¿Dónde estamos?

Se abrió la puerta y vio a Rafiq.

–Bienvenida. ¿Puedo ayudaros con el vestido, Alteza?

–Todavía no soy Alteza, Rafiq, pero gracias –Avery salió con la ayuda de Jenny y se quedó boquiabierta–. ¿El desierto...? La boda iba a celebrarse en el palacio...

–Pero os encanta el desierto –replicó Rafiq sin inmutarse–. Tiene que ser un acto público, pero Su Alteza quiso que también fuese privado. La boda es para el pueblo, pero esta parte es para vos.

Avery oyó el llanto de Jenny, pero no le hizo caso.

–Pero... ¿no se enfadará todo el mundo por tener que venir a pasar calor al desierto?

–¿Enfadarse porque su futura reina ama a su país tanto como ellos? –preguntó Rafiq con una sonrisa–. Lo dudo. Además, todo el mundo os está esperando. ¿Estáis preparada?

Avery miró a la multitud. Estaba acostumbrada a celebraciones multitudinarias, pero no a que ella fuese el centro de atención.

–¿Dónde está Mal? –preguntó con un repentino arrebato de nervios.

–Aquí.

Él estaba justo detrás de ella. Estaba increíblemente guapo con sus ropajes al viento y sus resplandecientes ojos negros clavados en ella. Hasta el inalterable Rafiq se quedó estupefacto.

–Alteza, el protocolo dice que...

–Me da igual el protocolo, solo me importa la novia –Mal le tomó una mano y se la llevó a los labios–. ¿Tienes miedo, *habibti*?

Debería tenerlo. Estaba entregándole todo; su amor, su confianza y su corazón. Sin embargo, nada más verlo allí se sintió segura.

–No tengo miedo. No puedo creerme que me hayas hecho esto.

–No podía cambiar la fecha, pero sí podía cambiar el sitio. ¿Te gusta?

–Sí. Sabes que me encanta el desierto. Tengo nuestra foto en el ordenador y era lo primero que veía todos los días.

–Yo hice lo mismo y cada vez que la veía, soñaba con este momento.

A ella se le empañaron los ojos y dejó escapar una risa entrecortada.

–¡No me hagas llorar!

–Nunca.

Él inclinó la cabeza y ella cerró los ojos y levantó la boca, pero Jenny dio un alarido.

–¿Qué estás haciendo? ¡No puedes besarla! Le estropearías el maquillaje y saldría espantosa en las fotos. ¡Alto! Rafiq, haga algo.

–Me temo que soy un hombre sin ningún poder, señora. Algo que llevaba tiempo temiéndome –replicó él en tono burlón mientras inclinaba la cabeza a Jenny–. ¿Puedo acompañarla a su sitio? Los demás están esperando.

–¿Los demás? –Avery miró a Mal–. ¿Quiénes? No tengo familia.

–Pero sí tienes muchos amigos que quieren acompañarte en la fiesta más importante de tu vida.

Ella miró hacía el gentío y distinguió muchas caras conocidas que le sonreían.

–Ahora, si nadie tiene objeciones, me gustaría casarme con la mujer que amo y en compañía de las personas que la aman –añadió Mal.

–¿Podemos recorrer juntos el pasillo? –preguntó Avery tomándole una mano.

–No lo haría de otra manera, *habibti*.

–Alteza –intervino Rafiq en tono de desesperación–, la tradición dice que la novia se entrega al novio, que así empieza el matrimonio.

–Este matrimonio, no. Este matrimonio va a empezar como seguirá. Con la novia y el novio al lado, como iguales. ¿Estás preparada?

–Nunca había estado más preparada para nada en mi vida.

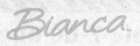

Le ofreció una exclusiva a cambio de unas cuantas noches
en su compañía...

La periodista Eleanor Mar-
kham sabía que no iba a
ser fácil conseguir una en-
trevista con el multimillo-
nario Alexei Drakos, conocido por su odio a los
medios de comunicación.
Pero era una reportera in-
geniosa y con muchos re-
cursos. Creía que podría
llegar a persuadirlo para
que hablara con ella si él
se encontraba en su pro-
pio terreno, la hermosa
isla de Kyrkiros.

El primer instinto de Alexei
al saber que era periodista
había sido echarla de allí.
No podía creer que Elea-
nor hubiera invadido su refugio privado. Pero esa
mujer estaba consiguiendo
despertar algo en él y hacía demasiado tiempo que
no tenía una mujer en su
cama.

El enigmático griego

Catherine George

Pasión inagotable

CHARLENE SANDS

Sophia Montrose había vuelto al rancho Sunset para reclamar su parte de la herencia. Logan Slade no había olvidado el apasionado beso que se dieron en el instituto, pero no podía sentir por ella más que desprecio y aversión; al fin y al cabo, era una Montrose y no se podía confiar en aquella despampanante belleza.

Sophia tampoco había olvidado aquel beso... aunque se tratara de una cruel apuesta para ponerla en ridículo. Quince años después, se encontraba de nuevo ante los fríos ojos negros de aquel vaquero y estaba decidida a no dejarse intimidar. Pero ¿sería capaz de mantenerse firme cuando volvieran a prender las llamas de una pasión insaciable?

Una peligrosa relación amor-odio

¡YA EN TU PUNTO DE VENTA!

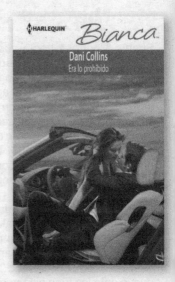